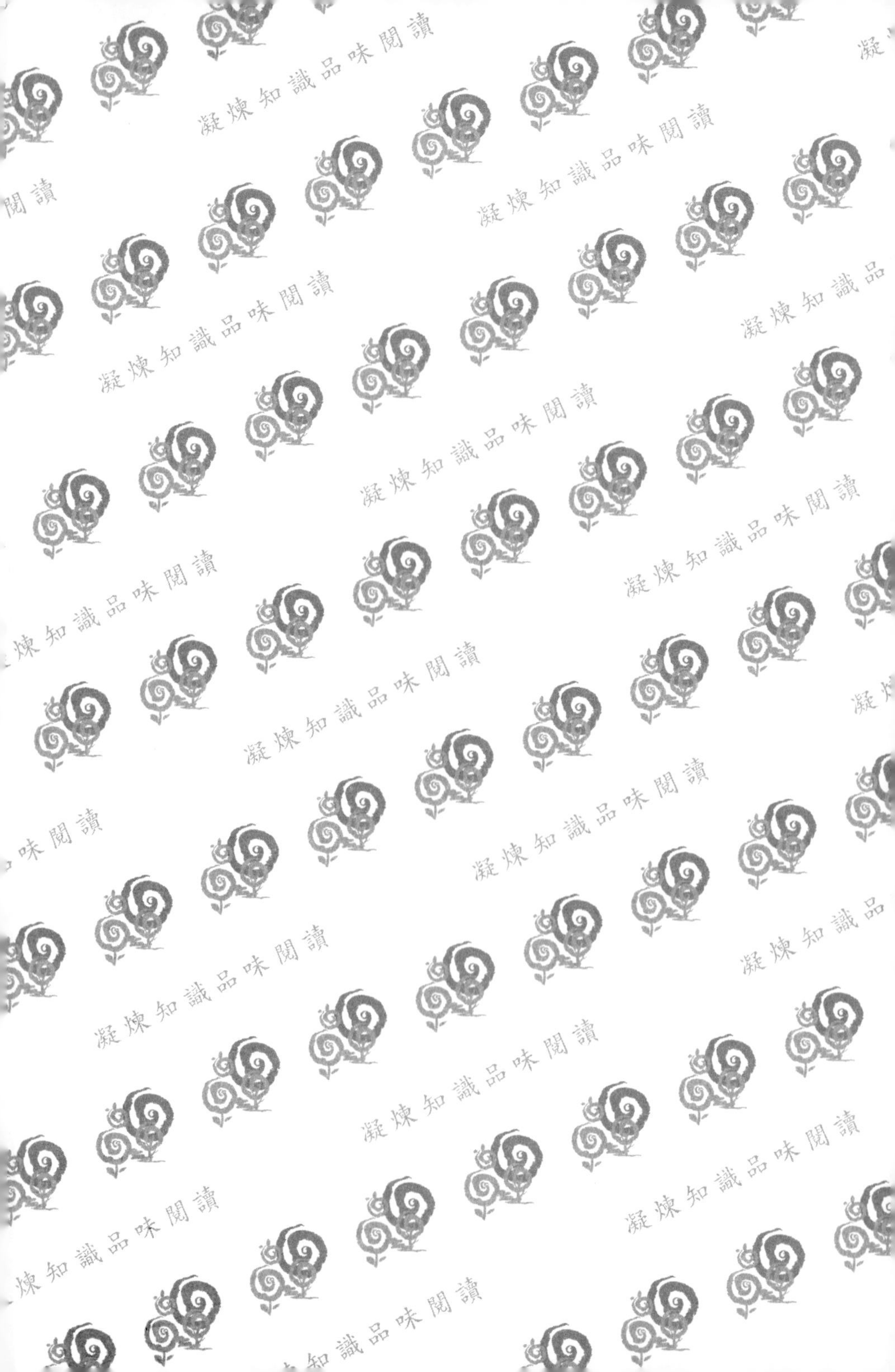
凝煉知識品味閱讀

文學概論

張健 著
文化大學中文研究所教授

五南圖書出版公司 印行

自序

從民國六十一年秋季開始，我便在臺灣大學中國文學系擔任一年六學分的必修課「文學概論」。我自當年暑假起撰寫講稿，前後參考了近三百種書籍，並溶入我二三十年來欣賞、創作、批評、研究的心得。在講授一年之後，又大規模的加以修改、補充；以後每年陸續都有訂正、增益，其中如「古典詩詞與現代詩的比較」一講，便是六十六年增入的。

今年秋天，我又應聘兼任國立中山大學教席，每兩週赴高雄一次，講授四小時的「文學概論」（一學期二學分，全學年共四學分）。

由於教育部削減了大學各系科的必修科學分，我在臺大的課已改爲一學期三學分（係由系主任徵求我的意見而改定），三學分就是每週三小時，一學期不過十五、六週，所授的內容實在有限，所以我決定把這累積十多年的講稿增訂後印出來，既利修習我課的同學，並可供他校同一課程作教本，也當有助於一般對文學感興趣的社會青年及其他系科的大專同學。

本書分上下兩編，上編爲「原理論」，共包含十一講；下編爲「文類論」，包括詩、散文、小說、戲劇、文學批評五部分，共十八講，大致可分供兩學期用（如爲一學期課，可將文學批評部分略去）。書後並附「參考書目」，以便讀者參照及進一步的自修。

輔仁大學的吳彩娥女士，在本書出版之前一年，已採用我的講稿作爲講授「文學概論」的内容，對我不無鼓舞作用，此外，現任國立中山大學中國文學系教授的龔顯宗先生對我的講授内容也曾不吝稱許；現正負笈美國的李炳慧同學原是臺大中文系第一名的高材生，也是我當年文學概論班上數一數二的高足，這次出版本書，即以她詳盡而可靠的筆記作藍本，改寫九講，另加若干章節，並略加潤色增刪，在此特別要對她表示讚許和感謝之意。

本書最大的特色是：中西並重，古今兼顧。

希望各位先進及讀者亦能提供寶貴意見，以備日後修訂之用。

張　健

七十二年十月在臺灣大學

一版十五刷序

五南版的《文學概論》已發行了十八年之久，印刷發行了十五次。這十多年來，許多識或不識的友人同道，採用此書作為大學文學概論一課的教本，或當作自修的教材，作者深為感謝。有時遇見一位初識的中文系同仁，對我說：「張教授，我已經用您的書教了很多年了。」有時邂逅一位中文系的年輕學子，也對我說：「我大一時就讀您的《文學概論》了！」我心中總會湧起「功不唐捐」的感念。

可是在這十多年來，此書也有一些意外的遭際，其中最嚴重的一樁事是龔鵬程先生《文學散步》事件。本來此事相隔已久，可以不必再提，但最近一學術界友人又道及之，並懇切地說：「龔書尚在，您仍可能遭致不可測的誤解，不如乘再版之際在書前說明一下吧。」我覺得有理，商請五南公司執事者，亦深表同意，故有此序之作。

民國七十四年間，龔君《文學散步》（漢光版）問世，其自序中一口氣攻訐三書——我的《文學概論》，王夢鷗前輩的《文學概論》及美國韋勒克、華倫合著的

《文學理論》（一譯《文學論》）。其中我的部分，他羅列了日本本間久雄著《新文學概論》中的章節目錄與我書之章節類似的題目，一一比對，然後用曖昧的語言有所影射；而我書與本間之書不同的章節，則一概略而不提。現在假設我書與本間書章節題目全同（文學概論所需論述的範圍，本來就大同小異；據我老同學劉廣定教授相告：普通化學教科書各不同版本之章節幾乎全同　），而內文大不相同，我又有何過？何況二者章節不同處並不在戔戔（近半）！而內容則大為殊異。本間書有商務人人文庫中譯本，讀者自可對照覆按，真相亦不難大白。

另外他又說我的書有不少錯。這句話令人驚詫！我曾兩度當面「請教」我書到底有何錯誤，龔君竟一字不答，足見他為了市場競爭，而出此下策，誣謗我的著作！他對另外兩部名著（如前舉）的謗言，亦如出一轍。

當時《文訊》雙月刊舉辦的座談會上，我曾詳述始末（兼及龔書缺失），惜限於篇幅，《文訊》未能全部刊載。

近年來龔君作風有所改善，且在學術場合中亦常友善地向我打招呼，我基於「與人為善」的一貫人生態度，也友好地相對待，本來不宜再提此事，但此一「冤獄」對我所造成的傷害頗大（恐怕是龔君始所未料及的），以上的說明，用意不在反擊，乃在自白。讀者諸君，幸垂鑒之！

另外有一本問答式的文學概論，書中內容大約有一半抄襲自我的《文學概論》，可是卻在序文中把我的書胡亂批評了兩句，真是世風日下，令人啼笑皆非。

張　健

九十年五月於台大中文系

文學概論 目錄

上編 原理論

下編 文類論

甲 詩

乙 散文

丙 小說

上編　原理論

第一講　文學的定義與價值

壹、文學的定義

一、學問

指廣義的學問、學術。

・子曰：「行有餘力，則以學文。」「不學詩，無以言。」其中「文」，卽指一切學問。

孔門弟子中，「文學——子游、子夏。」此處「文學」指「經學」。

孔門四科中，眞正接近現代之文學者，乃言語一科。

・皇侃論語義：「文學指博學古文。」

・韓非子：「工文學者非所用，用之則亂法。」

・漢書：「高祖不修文學」，「勃不好文學。」

・何晏：「文學謂詩、書、禮、樂。」

・文心雕龍情采篇：「聖賢書辭，總稱文章。」

二、泛指一切著作

學問可以不歸屬於著作中，著作必須刻印或著錄。

・章太炎國故論衡、文學之界說：「文學者，以其有文字著於竹帛，故謂之文；論其法式謂之文學。」

・美國韋氏大辭典：「literature：

1. 寫在紙上的字句。
2. 特具意義的辭章。
3. 著作或書本知識。
4. 文化表現。」第二、三點均爲此義。

・美Worcester（華舍斯特）：「學問、知識及想像的結果，被保留在文字上的。」想像的結果指狹義之文學。

・法 Vinet（維納）：「文學包括向他人綜合地表現他自己的一切著作。」

三、指文學作品

・典論論文：「蓋文章經國之大業，不朽之盛事。……文以氣爲主，氣之清濁有體，不可力強而致……雖在父兄，不能以移子弟。」（係最早有文學獨立之觀念者）曹丕乃中國最早之文學批評家。

‧昭明文選序：「事出於沉思，義歸乎翰藻。……凡次文之體，各以彙聚。」

‧漢書、公孫弘傳贊：「文章則司馬遷、相如。」

‧三國志王粲傳：「文帝爲五官將，及平原君植皆好文學。」

‧宋文帝元嘉十五年，設儒、玄、史、文學四學府。

‧Posnett（普斯奈特）的「比較文學」：「文學是包括散文和詩的一切著述，其目的與其說是反省，毋寧說是想像的結果，與其說在教訓與實際成效，毋寧說給予快樂於最大多數的國民。並且是排斥特殊知識而訴諸一般的知識。」

文學作品原則上不宜加入特殊專門學問：

1. 讀者不易接受，成爲一大敗筆。

2. 知性過於膨脹，想像無法發展。

如鏡花緣、野叟曝言（中）、麥爾維爾白鯨記（美）均因有特殊知識而成爲書中的敗筆。

‧Horace（何瑞士）云：「詩的價值，乃在(1)教訓，(2)娛樂，(3)教訓兼娛樂。」

‧美T. W. Hunt（亨德）：「通過想像、感情及趣味、具有思想性的文字表現卽文學。」

‧十九世紀，英De Quincey（台昆雪）：「先有知識的文學，然後有力的文學，前者的功能是教；後者的功能是動（move）。」

例如：美 Henry James（亨利・詹姆士）的作品是「知識的文學」。

美 Ernest Hemingway（海明威）的作品是「力的文學」。

・R. Wellek（威立克）與A. Warren（華倫）合編之「文學論」：「文學這一名詞，我們似乎最好把它限於文字的藝術上，那就是說：想像的文字。」

四、文學名著

指廣義的文學名著，較有分量的文學作品。

・同上文學論：「另一種對文學的解釋是指限於名著，即任何題旨的著作，只要是以文學形式來表達而著名的。這裏的標準，僅僅是美學價值或美學價值再加上通常的，知識上的特殊成就。」

（例如蕭伯納在劇本中加入尼采、叔本華等的哲學思想。）

五、文學作品與文學史的研究

貳、文學的價值

一、淨化人生

・亞里士多德詩學第六章：「通過同情與恐怖藉以淨化（Catharsis）這些感情。」
・歌德寫少年維特的煩惱：藉創作過程昇華其感情；
・勞倫斯查泰萊夫人的情人：主倡恢復人的生命力以對抗機械文明。

二、為了使人對快樂、同情等情操及心理變得更為深刻

・A. Bennett（班乃特）「如何形成文學趣味」（How to form literary taste）中說：「文學研究的目的並非消遣時間，那是使人對同情、快樂、認知……等職能變得更活潑深刻，那是使人對世界的關係完全變化。」「文學是人生最初也是最後的財源，我們必須知道『要形成並計畫文學趣味』這事情，便是學習並計畫怎樣可以最好的運用這財源。」
・一印度名醫云：「讀了泰戈爾的詩我就忘却一切煩惱。」
・林語堂云：「能擁有喜愛的作家或文學愛人等於靈魂中有了花粉。」
・美現代猶太作家Isaac Singer（以撒・辛爾）：「文學是一種沒有方向的力量……它既朝這方向走，又朝那方向走，並不是從這一點直達那一點……。」

科學：

文學：

三、文學是一種美的追尋

人生的態度有三：

1. 實用的：偏於物質。
2. 科學的（求知的、客觀、理論的）：
   (1)歸納個體成爲概念。
   (2)由原理演化爲個體。
3. 美感的：
   (1)注意力的集中。
   (2)意象的孤立－即形象的直覺（不經分析）＋聯想。

美感的態度

1. 超然的（注意力集中）：毫不摻雜別的，樹就是樹。
2. 設身處地的：我與美感對象合一。（即蘇軾所謂「成竹在胸」）。

尼采亦依據主、客觀之不同對美感分爲二類：

1. 戴奧尼蘇式的（如舞蹈）：專在自己的活動中領略自己的美。即「設身處地的」。

2. 阿波羅式的（如繪畫）：處於旁觀的地位，以超然、冷靜的態度欣賞世界的美。愈到現代，二者界限愈不清楚，但無論如何，文學給人以高度的美感。

濟慈說：「一件美的事物，永遠是一種快樂。」（A thing of beauty is a joy forever.）世間的文學作品也是美的事物。

四、解決生活上若干問題

文學作品可給予讀者抉擇之啓示。

・讀易卜生的挪拉（戲劇），讀者自會檢討其夫妻關係。

・讀莎士比亞的劇本：威尼斯商人、羅蜜歐與茱麗葉、哈姆雷特等，均堪供讀者作爲殷鑒。

五、生命境界的提昇

・讀陶淵明的詩可使人感到超逸。

・一般水準以上的讀者讀歌德的浮士德，對於其徘徊歧途的生命必具有引昇力。

・巴爾札克：高老頭寫父親愛女兒，但女兒不孝，高老頭却毫不後悔—以書中人物作爲典範，有時勝過良師益友。

・讀儒林外史，可使人恬淡名利。

・蘇德曼：憂愁夫人—男主角保爾是忠恕典型，以世俗眼光看他是大儍瓜，但作者表現的技巧使人欽服其力行忠恕之道。

六、提供許多觀點

・以撒・辛爾：「受迫害者的觀點固然要提出來，但迫害者的觀點亦不能抹煞。」「文學激發我們的心靈，讓我們連帶想起千萬種心事。」很多現代文學往往表現人生的黑暗面及潛伏層，然善讀者可以由讀現代作品的過程，看出「山不是山，水不是水。」進而山又是山，水又是水。

(1)見山是山，見水是水：正　天眞

(2)見山不是山，見水不是水：反　懷疑

(3)見山又是山，見水又是水：合　融合貫通，二度和諧。

七、促進社會的改造

有些作品若由不夠水準的讀者讀之，往往造成反效果。但也有些作品其文學藝術雖不是第一流的，却對讀者有直接的影響。

・雨果：悲慘世界—其中有一段描述男主角當選市長後推行福利政策，造福人民，（中譯本刪之，殊爲可惜）若研習政法者讀之，或許能給予指引啓示。

・狄更司：孤雛淚（和其他一些小說）—的確是推進英國社會福利改善的一大動力。

•史托夫人：黑奴籲天錄（黑奴魂）——直接影響到美國黑奴解放運動與南北戰爭。

•G. Orwell（奧威爾）著一九八四年（假設一九八四年全世界由共黨統治將是多麼可怕的世界）及百獸圖——皆用以諷刺共產政治。由人性的觀點來反共，對西方於共產黨的覺悟有很大的幫助。

八、追求人類的和諧

•泰戈爾：「我爲人類一切偉大的和諧而馨香祝禱。」很多大作家的最高目標皆若是。

•美W. Faulkner（福克納）一九五〇年（實爲一九四九年補發）得諾貝爾獎時說：「我關心人類的命運。」這是許多大作家的心聲。

例如：

•托爾斯泰：戰爭與和平。

•羅曼羅蘭：約翰克利朶夫——其中追求人類和諧爲主題之一。

•蔡元培有「美育代宗教說」——卽以美育達到宗教之「造成和諧世界」的目的。

•卡繆：瘟疫（黑死病）——表現人道主義與高度理性。

客——以阿爾及利亞爲題材，超越種族偏見與種族鬪爭，以良知爲人之最高領導，有極大的啓示性。

此外文學還可以有預言、治療身心等功能。

第二講　文學的起源

一、遊戲衝動說（Play Impulse Theory）

㈠本　說

・德康德：「跟勞動比起來，藝術可看作一種遊戲。」・德詩人（大文豪、戲劇家）席勒（一七五九－一八〇五）把這句話擴大爲一學說：遊戲衝動說。在其「美感教育書簡」中發揮此說：

⑴藝術與遊戲同是不帶實用目的的自由活動。

⑵這種活動是過剩精力的表現。

・孔子曰：「行有餘力，則以學文。」其意相近。

・F. J. C. Schiller（席勒）說：「獅子在無饑餓之迫及無敵獸可搏戰時，牠的富裕的精力就另找出路；牠於是在曠野中狂吼，把強悍的氣魄費在無所爲而爲的活動上面。昆蟲在光天化日之下蠕蠕飛躍，只是爲着要表現生存的歡樂；鳥雀的和諧的歌聲，也絕不是饑寒的呼號。這些現象中，都顯然有自由的表現。所謂自由，雖非脫淨一切的束縛，却是脫淨固定的外來的束縛。動物在工作時是迫於實際生活的需要，在遊戲時是過剩精力的流露——是洋溢的生命在驅遣他活動。」——藉動物說明人類本能的遊戲衝動。

・十九世紀英哲學心理學家斯賓塞（H. Spencer 1820-1903）：心理學原理—此書從生理學立論云：「所有動物都有生命保存與種族保存二大本能，把所有的精力都消耗了。而人類因營養豐富，除了二大本能外，尚有餘力，且在某種特殊活動正進行時，其他活動就休息下來，可以恢復疲勞和增進精力。這種多餘的精力，就要發洩在無所爲而爲的模仿活動上。」此卽廣義的藝術，但此中忽略了人的智能高於動物。

(二)修正說

・西班牙裔美國哲學家桑他耶那（G. Santayana）：美感論—以爲「遊戲衝動說」應改爲「遊戲必要說」：遊戲是生命保存與種族保存之外不可缺的活動。遊戲與工作像一車雙輪，相輔相成，若無遊戲使人恢復精力，則一切工作皆不易達成預期的效果。

(三)批判說

・芬蘭美學家希爾恩（Y. Hirn）「藝術的根源」否定「遊戲衝動說」，批判之云：「藝術是超越遊戲的東西。遊戲的目的，在活力過剩消耗完畢之時，或在遊戲本能暫時中止遂行之時，就已經達到了。可是藝術的機能，却不僅限定在他的製作動作。在正當的意味上的藝術，無論他用的是什麼表現形式，總是創造出某些東西來的，而且這些東西，就是一直到他的形式消失了以後，還是可以存留下去。固然有些形式例如舞蹈和演技等等，在被創出來的時候，同時就受到了破壞也是事實。不過他的效果，仍然可以在舞蹈者所設計的旋律裏面，或在舞蹈觀眾的記憶裏面永遠存留下來。至於在所謂遊戲衝動的本質裏面，這種衝動所引起的心理狀態，以至感情的狀態，却幾乎沒有值得把它記載下來，留傳下去的東西。所以要把藝術品的具有特色的美和旋律等等藝術性質，當作這種遊戲衝動的結果，來加以解釋，不能不說是非常不恰當的。」

假若一定要說藝術是一種遊戲，必須加以限制：

藝術是一種謹嚴的，境界較高的，重視創造的遊戲。

「藝術」與「遊戲」有四點相似之處：

(1)意念的客觀化：表達出來使之成爲實際的情境。

(2)它兼用創造與模仿，一方面沾掛現實，一方面又要超脫現實。

(3)都抱着一種「佯信」的態度：暫時忘却物我之分。

例如：

- 寫實主義者福樓拜寫包法利夫人，曾云「包法利夫人就是我。」證明作者與書中人合而爲一。
- 又如演員入戲時與劇中人打成一片，渾然忘我，亦爲實證。

(4)無實用目的：此說雖有例外，但一般而言，藝術確無直接之實用目的。

「藝術」與「遊戲」亦有六點不同處：

(1)遊戲只表現意念，藝術却要傳達。

(2)藝術須要欣賞者。

(3)遊戲不一定有社會性，藝術必定有社會性。
(4)藝術具有象徵性和選擇性。
(5)藝術重視「形式美」(art of form)。
(6)藝術尤具主動性，遊戲較爲被動(形式固定)。

但我們並不以爲遊戲衝動說毫無價值；如史蒂芬遜曾細寫童年記憶，卽與此說契合。

二、模仿衝動說(Imitative Impulse Theory)

・柏拉圖、亞里斯多德以爲人生來就具有模仿之本能，一切藝術創作皆是模仿本能的表現。
・亞里斯多德「藝術模仿論」闡明「一切藝術皆不外乎對大自然及人生的種種現象的模仿。」
・詩學：「模仿本能是人異於禽獸的最大條件。」
・十九世紀德美學家包恩卡登(V. G. Baungarten)「美學」及法社會學家泰爾德之「模仿律」都主張藝術創造的動機完全源於人類先天具有的模仿衝動。
・法畫家安格爾和雕刻家羅丹，英哲學家史賓塞，作曲家杜波(Duboie)都呼應這個學說。
・德生物學家谷魯司(K. Groos)練習說：「遊戲並非無目的的活動，實在是生命工作的準備。遊戲的目的，就是把工作所要用的活動，預先練習嫻熟。所以遊戲的種類也隨着動物的種類而異：小貓玩紙團卽是學習捉老鼠，女孩兒玩洋娃娃卽是練習作母親。所以，遊戲是根據一種普遍的本能而對某種特殊的技藝預加練習。模仿也是一種普遍的本能，功用和遊戲相似，但模仿必須有榜樣，遊戲却全憑衝動。如貓學捉鼠，狗學搏擊動作，都不一定有榜樣。遊戲有時也可利用模仿所得的的活動，如男孩子學造房子，女孩玩洋娃娃，則帶有幾分模仿。」他又以爲「凡是欣賞，皆屬內模仿，以遊戲態度，暗地模仿他所欣賞的事物。」如人看到石膏像，若屬健美，則使人肌肉緊張；若屬鬆懈，則使人感到鬆散。這是一種本能的實現。晚年，他發明了發散說：人除了模仿本能的練習外，還可以加上發散感情。（人要發散情感於本能的實現之中）此說可補充練習說。

三、自我表現本能說（Theory of Self-Exhibiting Instinct）

人類都具有一種要將自己情感表現出來的本能與衝動，藝術是它的結果，雖不是唯一的結果，却是最好的結果之一。

．英詩人 E. Carpenter（卡本特）認爲：「藝術的目的，完全在於情感的自我表現。」「人類的生活，愈能無拘無束地宣洩、表現自我情感，便愈有價值。否則，一個人畏首畏尾地不表現自己的情感，便只是生存，不配稱生活。」原始人像小孩那樣率眞，喜怒哀樂不能自抑，於是就藉着動作、聲音、色彩等來充分發洩，往往無視於外界的約束，充滿了強烈的感染力。

註：文明人畏首畏尾，人際關係較複離，限制亦較多。兒童作品往往表現一種自由的樸拙，接近此境界的，有如畢卡索、克利、米羅以及洪通等……。

•法作曲家 A. Thomas（湯瑪士）（一八一一—一八九六）曾親自到澳洲維多利亞看過土人的舞蹈，並寫文章詳述那保持着原始情調的原始舞蹈：「……女人一面歌唱，一面敲鼓打拍，歌聲與動作很合節奏。舞者忽進忽退忽左忽右，搖臂頓足做種種姿態。……最後一場，全體興奮達到極點，舞者狂呼狂跳，婦女聲嘶力竭地歌唱，並按拍，有如瘋狂。」在文明人看來，也許缺少文明的情調，而在他們自己，確實是眞情發洩，樂在其中。由此可見，原始人類自我表現的衝動，確是藝術的源頭。

•美心理學家 J. M. Baldwin（巴爾文）也主倡此說，且特別注重社會性，他看到同情心的自我的一面，不在分享別人的苦樂，而在把自我伸張到社會去，使自我和社會一樣大。詩大序：「詩者，志之所之也。在心爲志，發言爲詩。情動於中而形於言，言之不足，故嗟歎之；嗟歎之不足，故詠歌之；詠歌之不足，不知手之舞之足之蹈之也。」

註：詩、音樂、舞蹈同源，均爲發抒自己的情感。

•日本，厨川白村：「文藝是純粹生命的表現，是完全擺脫了外來的控制與壓抑，而能以絕對的自由的心境表達個性的唯一世界。」

註：他與 Carpenter 不同處爲包含了文明社會，不只意指原始人類。

爲藝術而藝術論者反對「自我表現說」，他們是唯美主義者，故迥異其趣。

四、吸引本能說（Theory of Instinct to Attract others by Pleasing）

卽興致勃勃地去吸引別人的本能創造了藝術。

・C. Darwin（達爾文）等進化論系統的學者主張此說，他們認爲：「藝術之發生，是要使別人尤其是異性感到快感，而把他吸引到自己身邊來，就像禽鳥和昆蟲用那優美的聲音或漂亮的羽毛引誘異性一般。」

我們對這一學說的批判：這學說可用來說明某種原始藝術之起源，亦可用來說明某些青少年之藝術衝動，但不容易說明進一步成熟文學的發生動機。

源自宗教說

・美人類學家哈頓（A. C. Haddon），（一八五五—一九四〇）名著「藝術的演進」云：「一切藝術皆產生於宗教的祭壇。」

・英哈麗蓀（J. E. Harrison）「古代的藝術和祭典」云：「信仰乃詩歌之母。」

・廚川白村之「原始人的夢」：「原始時代的宗教祭典，與文藝的關係，眞的好像是姐妹是兄弟。這種現象無論在日本、中國、埃及、希臘、印度、巴勒斯坦，或在今日尚在原始狀態的民族部落裏，都是一樣的。」「尤其是因爲他們頭腦簡單，對自然界及自己的差別不太明瞭，就以爲自然界都和自己一樣——有生命也有感情。所以殷殷雷鳴，就以爲是觸犯神怒；鳥鳴花開，就以爲是春的女神降臨了。像這樣的情感與想像，把它作爲一個搖籃，於是詩和宗教這對雙生子便被培育起來了。」

原始人的情感 —發展→ {宗教、藝術}

・原始人類無論是游牧、漁獵、農耕民族，他們知識未開，因而對大自然的一切現象感到無比的神奇——日月星辰的晦明，風雨霜雪的降臨，四季的變化，山巒的雄峙，江河的洶湧；還有人的生死，草木的榮枯，以及所謂命運的不可測，都能使他們驚訝，疑懼，無以自解。且日常生活既爲之左右，便相信在冥冥之中必有若干具有神奇力量的神靈在主宰人類的一切。於是就產生了敬天地，怕鬼神的念頭。他們這種天地鬼神的觀念便表現於：

1. 崇拜大自然以及動植物「圖騰」。
〔圖騰（totem）：將動植物視爲神明，故以之爲種族部落之象徵。〕
2. 敬鬼神，祭祀祖先。
3. 祈禱。

在西方宗教表現爲藝術的方式是：由舞蹈、戲劇轉爲音樂、詩歌，東方則不盡如此。

依據⑴亞里斯多德之詩學，⑵尼采「悲劇的誕生」，⑶麥昆西「文學的進化」，古希臘之詩、舞蹈、音樂，都源於酒神戴奧尼蘇的祭典，酒神是繁殖的象徵，在他的祭典中，主祭者和信徒們，都披戴葡萄和各種枝葉，狂歌曼舞，復以豎琴及各種樂器伴奏，以後就引伸出：

(1)頌神詩轉化爲抒情詩，

(2)扮酒神的主祭官與祭者的對唱轉變爲悲、喜劇。

除此之外，則以圖畫和雕刻表現在洞穴岩石上。

宗教在初民生活的重要性與他們生活需要密切相關，所以，種種藝術由此而衍生。

六、生活需要說

藝術源於實際生活上的迫切需要。

・希爾恩（Hirn）「藝術的起源」云：「如果把原始時代某些民族的裝飾品仔細研究一下，就可知今天我們認爲僅僅用作裝飾的東西，其實由古代的各民族看來，都具備着極其實用的非審美的意義。例如武器、傢俱等等的雕刻；紋身、編物等等的花樣，世人都認爲是純粹的，審美上的藝術產物。可是這些東西現在大多可以說明：它們有的是用來作宗教的象徵，有的是用來作所有主的符號，大抵都含有這一類實用上的意義。」

・德國美學家 Ernest Grosse（格羅斯）藝術的起源云：「原始民族的藝術作品，大半不是由於純粹的美的動機而產生，而含有實際的目的，同時實際的目的通常作爲第一目的，美的要求實居於次要。例如原始人的裝飾，是以實際意義的標誌及象徵爲主，並不是作爲裝飾而發明的。」(1)初民繪畫多人物風景，有如今人的日記、備忘錄；(2)舞蹈是練習狩獵動作；(3)詩的題材也以狩獵、戰爭、勞動、戀愛爲主。這些都是原始民族重要的事，而非出於遊戲衝動。例如：

・狩獵的詩：詩經鄭風大叔于田

・戰爭的詩：詩小雅出車——

「王命南仲，往城于方。出車彭彭，旂旐央央。天子命我，城彼朔方，赫赫南仲，玁狁于襄。……」

小雅六月——

「六月棲棲，我車既飭，四牡騤騤，載是常服。玁狁孔熾，我是用急。王于出征，以匡王國。……」

・戀愛的詩：如關雎、女曰鷄鳴

・諷刺的詩：魏風碩鼠——

「碩鼠、碩鼠，無食我黍，三歲貫汝，莫我肯顧。逝將去汝，適彼樂土，樂土樂土，爰得我所。……」

七 源於勞動說

希爾恩認爲勞動也是藝術之源，藝術一方面可以刺激個人勞動加以調整，另一方面也可以促進協同的勞動，加以統攝，如澳洲土人以舞蹈的曲調來調劑勞動，增加工作效率。

例如：

・詩小雅大田：「大田多稼，既種既戒，既備乃事，以我覃耜，俶載南畝，播厥百穀。……」

・豳風七月，寫農業社會十二個月之工作過程。

⑴當工作厭煩時，發出歌聲，刺激身心，藉以減輕疲勞，使精神重振，合唱則可使集體勞動整齊劃一。

・禮記曲禮鄭玄注：「古人勞役必謳歌，舉大木者呼『邪許』。」

・呂氏春秋：「今舉大木者，前呼『輿謣』，後亦應之。」

⑵圖畫穀穗及其他農作物，一方面是直接的描繪，一方面是祈求豐收。

⑶原始藝術多半集體完成，可以說是反映社會現象的產品，如詩經大部分作品找不到作者，採茶歌、採蓮曲、拉縴歌、漁歌、樵歌、秧歌亦是。

八、感物吟志說

人感受外物的刺激而發出某種情感，再將之表現爲語言。

・文心雕龍明詩—

「人稟七情，應物斯感。感物吟志，莫非自然。」

・文心雕龍物色—

「春秋代序，陰陽慘舒，物色之動，心亦搖焉。詩人感物，聯類不窮。流連萬象之際，沉吟視聽之區。寫氣圖貌，隨物以宛轉，屬采附色，亦與心而徘徊。」

·文心雕龍神思—

「登山則情滿於山，觀海則意溢於海，我才之多少，將與風雲而並驅矣。」

其他多位名家亦響應之：

·陸機文賦—

「遵四時以嘆逝，瞻萬物而思紛，悲落葉於勁秋，喜柔條於芳春。」

·鍾嶸詩品—

「氣之動物，物之感人，故搖蕩性情，形諸舞詠。若乃春風春鳥，秋日秋蟬，夏雲暑雨，冬月祁寒，斯四候之感諸詩者也。」

·朱熹：詩集傳—

「人生而靜，天之性也，感於物而動，性之欲也。夫既有欲矣，則不能無思；既有思矣，則不能無言；既有言矣，則言之所不能盡，而發於咨嗟詠嘆之餘者，必有自然之音響節族而不能已焉——此詩之所以作也。」

註：發展過程：普通語言→驚嘆語言→詩的語言。

·美國心理學家巴爾文（Baldwin）：「人類有一種把自己的思想情感加以具體化，而表現到外面來的本能，藝術卽由此而誕生。」與劉勰所論同中有異。

・現代抽象畫家康定斯基（W. Kandinsky）說藝術作品的程序：「情緒（藝術家心中的）↓所感受的↓作品↓所感受的↓情緒（觀賞者心中的）」亦卽①內情，②外物，③表現。此亦感物吟志也。

第三講　文學的特質

英國溫却斯特（O. T. Winchester）文學評論之原理（Some Principles of Literary Criticism）分文學之特質爲三：

壹、恆久性（Permanence）

一、百讀不厭

溫氏云：「知識是可以永久獲得的，而情緒則是一連串的不斷變化的經驗。我從讀一首詩所感到的情緒，也許二小時後就要消失，它不能夠繼續下去。但當我再讀它或記起它的時候，濃度也許會減少一些，我還是可以把這種情緒重新恢復起來。於是乎一而再，再而三的，我要再去讀它，只要值得叫作文學的，我總想讀它一遍以上；如果是偉大的文學，讀多少遍都是不感困乏的，它成了我的永久的書籍。」由此可知：

(1)文學作品是讀者的永久友人。

(2)文學作品的影響是超越時空的，閱讀文學作品應視爲心的交流。

・曹丕典論論文云：「年壽有時而盡，榮樂止乎其身，二者必至之常期，未若文章之無窮。」即意指文章有恆久性，可百讀不厭，超越時空。

二、屢寫不贅

同樣的題材，可以不同的寫法重複地寫。

例如：

㈠以楊貴妃之故事爲題材的：

・唐、陳鴻、長恨傳

・唐、白居易、長恨歌

・元王伯成天寶遺事諸宮調

・元白樸梧桐雨

・明吳世美驚鴻記

・清洪昇長生殿

㈡以崔鶯鶯爲題材者：

・唐元稹鶯鶯傳

・唐楊鉅源崔娘詩

・李公垂鶯鶯歌（敍事詩）

・宋趙德麟、商調蝶戀花十闋（詞）
・金董解元弦索西廂（董本西廂）
・元王實甫西廂記

㈢以李娃爲題材者：

・唐白行簡李娃傳
・元石君寶曲江池
・明薛近兗繡襦記
・今人俞大綱新繡襦記

㈣以盧生爲題材者：

・唐沈既濟枕中記
・元馬致遠黃粱夢
・明湯顯祖邯鄲記

各家題材雖同，但體裁不同，有散文、樂府詩、古詩、諸宮調、詞、雜劇、傳奇（南劇）。各人描寫之技巧，建立之風格，表現之情感，思想，主題，亦各有千秋。故讀者雖對內容早已熟知，卻對各部作品仍有濃厚興趣，甚至欣賞把玩，不能自已。

例如：

・白居易長恨歌，係藉這個故事表現他對時事的態度，而開始以「漢皇重色思傾國……」則係借古喻今。

·白樸梧桐雨係唯美主義之作品。

·長生殿係浪漫主義之作品。

·浮士德歌德前即有人（如馬洛 Marlowe）寫過，後屠格涅夫亦有中篇小說名爲浮士德。

·荷馬史詩寫尤力西斯，後有喬埃斯（Joyce）寫「尤力西斯」，描寫一位愛爾蘭人一天二十四小時的生活及心理。

·莎士比亞有很多劇本係從前人而來：「如願」由勞芝（Lodge）之「羅薩蘭」變化而來。「錯中錯」由拉丁喜劇家柏拉特士（Plautus）「兩個麥奈克模斯」改編。「冬天的故事」由格林（Greene）「時間之勝利」改寫。

三、萬古常新

因爲人類情感有恆久性，人類的思想、知識和生活方式、道德觀念會隨時代改變，只有情感是大致沒有改變的。例如：古代男女之情和現代人在形式上因生活方式、社會觀念而不同，但本質相同。

·羅斯金（John Ruskin）：近代畫家論（On Modern Painters）—「莎士比亞戲劇之所以完全，是因爲他用了一切人的認識，描寫一切時代的人間生活。他描寫不變的人性——十五世紀的惡漢在他心裏與十九世紀、十二世紀的惡漢沒有兩樣。同樣的，正直的俠義的人也與一切時代的相同。所以，偉大的理想主義的作品，常常描寫一切時代同一的，人間的心情。」

‧梁實秋文學講話一書中強調人性與文學之關係：「文學是人性的描寫，人性是人類所共有的，無分古今，無間中外，長久的，普遍的，沒有變動。人的生活型式，各時各地容有不同，所呈現的問題，亦容有不同，但基本的人性則隨時、到處皆是一樣的。文學家的任務，便是沉靜地觀察人生，發掘人性，了悟人性，予以適當的寫照。」

貳、個別性（Personality）

一、獨特

一個生在希臘小島上的特殊人物——小泉八雲〔其原名赫倫（Lafcadio Hearn），乃一傳奇性人物，擅長英、法、拉丁、希伯萊、希臘、日文，故研究範圍廣泛〕，在其文學的解釋一文中云：「一般人習慣、思想、感情各方面彼此差異並不太大，而智慧高、感受性強的人個性便顯著的發達，對同一事物的看法也不同，這種不同表現在文學作品上，便形成獨特的風格。」

註：通俗作品當代受歡迎，但終被歷史淘汰，即因：①不夠深刻，②缺乏風格。

中國諺語云：「文如其人」。西人亦有此說：

‧法國布豐（Buffon）云：「文就是人。」（人格）

• 美國亨特（T. W. Hunt）云：「人就是文。」（The man is the style）

• 曹丕：「文以氣爲主，氣之清濁有體，不可力強而致……。」（此「氣」卽風格；在人則爲個性。）

• 晉葛洪：抱朴子外篇辭義——「夫才有清濁，思有修短，雖竝屬文，參差萬品。」（中國文人講「品」多指風格）。

• 文心雕龍體性——「才有庸儁，氣有剛柔，學有深淺，習有雅鄭；吐納英華，莫非情性。」

• 宋蘇軾：答張文潛書——「自孔子，不能使人同：顏淵之仁，子路之勇，不能以相移……地之美者同於生物，不同於所生。」

註：張文潛，蘇門四學士之一，餘三者爲黃庭堅、秦觀、晁補之。因爲眞正的天才，不易爲人所瞭解，如陸游之詩風似白居易，平易近人，亦曾如此云：「詩到無人愛處工」。話雖誇大，然說明各人風格不同，陽春白雪，曲彌高和之者彌寡也。

• 宋俞文豹吹劍錄引東坡幕士語：「柳郎中詞，宜十七、八女孩兒，按紅牙拍，歌『楊柳岸曉風殘月』，學士詞，須關中大漢，執鐵板，唱『大江東去』。」此具體說明陽剛與陰柔二種風格之不同。

•陸游：上辛給事書—「君子之有文也，如日月之明，金石之聲，江海之濤瀾，虎豹之炳蔚，必有是實，乃有是文。夫心之所養，發而爲言，言之所發，比而成文。人之邪正，至觀其文，則盡矣決矣，不可復隱矣。」

語云：「文如其人，人如其文。」實際上不盡然。往往藝術家擁有雙重人格，多重人格。如巴爾札克曾是花天酒地之徒，然毛姆推崇其爲世界第一流小說家。我們必須相信他在創作時是超越了社會人，成爲「藝術人」「文學人」——這種情況是情不由己的。現代藝術多發掘潛意識——現代藝術家少有人格與文風完全合一者，其肇因複雜。

又：散文家與詩人較可能「文如其人」。小說家、戲劇家較易矛盾，個性中往往充滿了對立的條件。

•姜夔：白石道人詩集自序—「作詩求與古人合，不如求與古人異。」

白石道人詩說：「一家之語自有一家之風味……模仿者語雖似之，韻亦無矣。」

•清曾國藩：家訓—「凡大家名家之作，必有一種面目，一種神態，與他人迥然不同。」

・法美學家 P. Gaultier（哥爾蒂）：藝術的意義—「作家把它自己的夢想、希望、悲哀注入作品，作品便有獨創性。只要是眞正的藝術品，沒有不是作者的心的世界的。」

・T. S. Eliot（艾略特）：「傳統與個人才具」—

「一件新的藝術作品被創造了之後，其影響同時溯及這以前的一切藝術作品及現存的不朽傑作，相互間形成一個理想的秩序。這個秩序由於新的（眞正新的）藝術作品的介入而受到改變。」

由此可見，所謂傳統是古、今之相互關聯。艾略特爲一重視傳統之批評家。

二、自鑄風格

・文心雕龍體性篇分風格爲八：

(1)典雅：鎔式經誥、方軌儒門。

(2)遠奧：複采奧文、經理玄宗。

(3)精約：覈字省句、剖析毫釐。

(4)顯附：辭直義暢、切理厭心。

(5)繁縟：博喻釀采、煒燁枝派。

(6)壯麗：高論宏裁、卓爍異采。
(7)新奇：擯古競今、危側趣詭。
(8)輕靡：浮文弱植、縹緲附俗。

・唐末司空圖詩品分詩爲二十四品：
雄渾、沖淡、纖穠、沉着、高古、典雅、洗練、勁健、綺麗、自然、含蓄、豪放、精神、縝密、疏野、清奇、委曲、實境、悲慨、形容、超詣、飄逸、曠達、流動。（歸納之，實包括了**風格、技巧、內容。**）

・**唐僧皎然**詩式十九字（品）：高、忠、逸、遠、貞、節、志、意、力、氣、情、思、德、誡、閒、靜、達、悲、怨。（其中風格居多，言技巧者較少。）

・**袁枚**：續詩品三十二品，含風格及作法，受詩式，司空詩品之影響。

・**曾國藩**日記「古文八美」（受桐城姚鼐之影響，分別陽剛、陰柔二種文章）：雄、直（暢直、一氣呵成）、怪（奇趣橫生）、麗（氣勢之美），茹（含蓄）、遠、潔、適。

舉例言之：

李白——超逸　　蘇軾——曠達
杜甫——深摯（沉鬱）　　柳永——纖艷

王維——恬靜　　辛棄疾——豪放

柳宗元——孤峭（幽峭）

• 柳宗元任柳州太守時作「與浩初上人同看山，寄京華親故」：

「海畔尖山似劍鋩，秋來處處割愁腸，

若得化爲身千億，散上峯頭望故鄉。」

• 蘇軾在瓊州作「被酒獨行」：

「半醒半醉問諸黎，竹刺藤梢步步迷，

但尋牛矢覓歸路，家在牛欄西復西。」

均能代表一己的風格——孤峭和曠達。

• 朱權：太和正音譜批評元曲四大家：

關漢卿——瓊筵醉客（繁富酣暢）

王實甫——花間美人（幽美絕俗）

馬致遠——朝陽鳴鳳（高貴清朗）

白樸——鵬摶九霄（風姿豪邁）（語出莊子逍遙遊）

結論：

詩文風格可歸納爲十類：(1)典雅，(2)深遠，(3)含蓄（精約），(4)曠達，(5)繁縟，(6)豪放，(7)新奇，(8)輕靡，(9)平淡，(10)幽峭。

‧曹丕：典論論文—「奏議宜雅，書論宜理，銘誄尚實，詩賦欲麗。」

‧曾國藩認爲：

①論辨，②辭賦——宜噴薄。

③序跋——宜吞吐。

④奏議，⑤哀祭——宜噴薄（奔放暢達）；然祭郊廟者則宜吞吐。

⑥詔令，⑦書牘——宜吞吐。

⑧傳誌，⑨敍記——宜噴薄。

⑩典志，⑪雜記——宜吞吐。

大體言之，風格與個性、體裁、題材、年齡、時代風尚均有關係。

叁、普遍性

一、情感之普遍性，重於題材之普遍性，題材之普遍性又重於表達之普遍性

情感過於特殊，讀者較難接受，表現太一般化，亦非一流文學作品。

•荀子：不苟篇—

「千人萬人之情，一人之情也。」

•金聖歎：答沈匡來書—

「作詩須說其心之所誠然者，須說其心之所同然者。說心之所誠然，故能應聲滴淚，說心中之所同然，故能使讀我詩者應聲滴淚也。」

•桑他耶那：美感論—

「名著之產生由於作家與羣眾之合作而後成，與大多數人發生永久關係者，才成名著。換言之，文學上之成就，有賴於作者之說服力者居半，有賴於讀者之接受力者亦半。」

•亨特：「文學的世界裏，也有同溫層，就是表現於不同民族的文學作品裏的心思上的類似點，以致相去很遠的人也能接近而產生同情的線。」

二、普遍並不是庸碌

雖然在作者創造過程中，努力追求某種普遍性，但讀者不能以此自囿，應不斷地自我提昇，擴大自己的接受力。

實際上，一般作品的普遍性有迥非平凡的。試舉二大家以證之：

(一)李　白

•月下獨酌：「花間一壺酒，獨酌無相親。舉杯邀明月，對影成三人。……」表現了高度的寂寞及人與自然的冥合。（一種呑吐之美）

•廬山謠：「我本楚狂人，狂歌笑孔丘。」寫狂態、自我意志。

•古風：「奈何青雲士，棄我如塵埃。」寫懷才不遇。

•夢遊天姥吟留別：「且放白鹿青崖間，欲行即騎向名山，安能摧眉折腰事權貴，使我不得開心顏。」寫自由的情感。

•客中行：「蘭陵美酒鬱金香，玉碗盛來琥珀光。但使主人能醉客，不知何處是他鄉。」寫人生虛幻，及時行樂，表現了高度洒脫。即使不是亂世，只要非渾噩之輩，這種懷鄉式的情感多半會發生的。但李白自反面落筆，更添韻致。

•長相思：「天長地遠魂飛苦，夢魂不到關山難，長相思，摧心肝，……昔時橫波目，今作流淚泉。……」寫男女相思之情。

(二)辛棄疾

•破陣子：「了却君王天下事，贏得生前身後名。」表現了忠貞大志與慷慨之情。

•感皇恩：「松姿雖瘦，偏耐雪寒霜曉。」象徵外表平凡，在特殊環境中却能顯露忠貞。

•水龍吟：「一花一草，一觴一詠，風流杖屨。」則寫行雲流水的生活境界。（辛棄疾晚年辭官，狀似陶潛，曾借陶之詩句，稍改數字，而抒同樣之情懷。）

·瑞鶴仙：「倚東風，一笑嫣然，轉盼萬花羞落……」寫梅，熔豪情婉約於一爐。

·西江月：「乃翁依舊管些兒：管竹、管山、管水」寫對自然的契合。

·永遇樂：「千古江山，英雄無覓，孫仲謀處……想當年，金戈鐵馬，氣吞萬里如虎。……憑誰問：廉頗老矣，尚能飯否？」寫老當益壯的豪情。

·賀新郎：「我見青山多嫵媚，料青山見我應如是。」「不恨古人吾不見，恨古人不見吾狂耳。」**寫豪傑之士的自負情態。**

三、時代、地域的普遍性

作家能表現某一時代，甚至某一地域之普遍特色，亦可歸屬於廣義的普遍性。

(一)時代

·羅斯金的近代畫家論：「無論其爲詩人或歷史家，只要是偉大的人，總住在他們的時代，並且他們的作品的最大收穫，總是由他們自己的時代收集起來的。但丁描寫十三世紀之義大利，喬叟描寫十四世紀之英國，馬薩伽（Masaccio）描寫十五世紀之弗羅倫斯，丁脫瑞（Tintoret）描寫十六世紀之威尼斯，他們全都或不免有一些時代的錯誤與小過失，但他們常從活生生的時代取得活生生的眞理。」

(二)地域

哈代（Thomas Hardy）多寫 Wessex（衛塞克斯）地方。

・馬克吐溫多寫密西西比河流域。

・福克納是密州約克郡人，其作品多描寫家鄉。

・史坦貝克多寫加州沙林納斯山谷一帶。然皆不失其普遍性。

世間有二種詩人：

・T. S. Eliot（艾略特）：英國現代詩人，多寫現代問題，表現時代的普遍性。

・Robert（佛洛斯特）：美國現代詩人，多寫美國風土及問題，表現地域上的普遍性。

第四講　文學與感覺

感覺：分視覺、聽覺、嗅覺、觸覺（又分氣候感覺、直接接觸。）

文學家最擅長把各種感覺表現在作品裏，有時單獨表現一種感覺，有時把各種感覺攪揉在一起，有時以感覺爲象徵，有時以感覺烘托境界或表現氣氛。

程兆熊採用美國心理學家 W. Lay（萊雅）的方法，把杜甫的秦州雜詩二十首及白居易之琵琶行作一統計：

	秦州雜詩	琵琶行
視覺	六三	一五
聽覺	二一	五一
觸覺	三	三
氣候想像	二	三
味覺		五

按：白居易去世時，唐宣宗寫弔樂天詩：「童子解吟長恨曲，胡兒能唱琵琶篇」，故長恨歌、琵琶行可謂白氏代表作。

元稹長慶集序亦云：「自篇章以來，未有如是流傳之廣者。」

壹、視覺

英小說家康拉德（Joseph Conrad）有一句名言云：「藝術最主要的目標，就是要使你能看見。」

例如：

‧北朝人斛律金：敕勒歌—

「敕勒川，陰山下，天似穹廬，籠蓋四野。天蒼蒼，野茫茫，風吹草低見牛羊。」

‧岑參：登慈恩寺浮圖—

「塔勢如湧出，孤高聳天宮，登臨出世界，磴道盤虛空。突兀壓神州，崢嶸如鬼工。四角礙白日，七層摩蒼穹……連山若波濤，奔湊似朝東，青槐夾馳道，宮館何玲瓏。秋色從西來，蒼然滿關中。五陵北原上，萬古空濛濛。」

清施補華：**峴傭**說詩云：「**雄勁之概**，直與少陵匹敵矣。」

•王維：鹿柴——

「空山不見人，但聞人語響，返景入深林，復照青苔上。」

劉辰翁云：「無言而有畫意。」章薇云：「語語化機，著不得一毫思議。」故謝榛有云：「詩有可解有不可解……」一般史詩均可解，但如上詩則細解之亦未必恰當。

•王維：辛夷塢——

「木末芙蓉花，山中發紅萼，澗戶寂無人，紛紛開且落。」

其中除視覺意象外，並有隱藏的聽覺意象（落花聲）。

•杜甫：旅夜書懷——「細草微風岸，危檣獨夜舟。星垂平野闊，月湧大江流。名豈文章著，官應老病休。飄零何所似？天地一沙鷗。」

㈠前二句對仗工整，造成雄渾的效果。又細草，微風岸，危檣……都是名詞，有緊密之感。危檣——孤零的，有種「快要倒了」的感覺。此二句背景、氣氛均爲視覺形象。唯「微風」可屬之「觸覺」。

㈡星光垂落，顯得平野寬闊，月光湧出時，看大江奔流，更顯其氣勢之雄偉。

㈢寫情：五、六兩句。

㈣「天地」背景至大，反襯出一單獨而小的存在物。此詩絕大部分均係視覺形象。

• 杜甫：望嶽—

「岱宗夫如何？齊魯青未了。造化鍾（聚也）神秀，陰陽割昏曉。盪胸生層雲，決眥入歸鳥。會當淩絕頂，一覽衆山小。」

㈠泰山居齊、魯之地，一片青綠緜延無盡。「了」字乾脆而爽快。

㈡造物出神入化之秀均聚於此；日月晴陰之變化，使泰山有昏曉之別（一說，泰山遼濶，一坡是昏，另一坡已是曉。）

㈢層雲似自胸中盪漾而出；睜大了眼睛，看黃昏歸巢的鳥。

㈣有志者皆應登峯之極頂，一覽羣山之小。此詩全屬視覺形象，無一例外。

• 柳宗元：江雪—

「千山鳥飛絕，萬徑人踪滅。孤舟蓑笠翁，獨釣寒江雪。」

㈠鳥飛絕之前，必有許多鳥出現於千山之間；人踪滅之前，亦必有人跡之至。故前二句係把過去、現在打成一片。

㈡在千山萬徑之畔，有一江水，孤舟老翁，雖應在釣魚，却似釣雪。言外之意，是自己的孤獨寂寞。

「釣雪」的動作，係知其不可而爲；若由壞處說則爲「徒勞無功」，富有悲劇情調。

故本詩表面上均屬視覺形象；然亦可由視覺形象中領略象徵（一說所釣者爲道。）

•劉長卿：碧澗別墅喜皇甫侍御相訪—

「荒城帶返照，落葉亂紛紛，古路無行客，寒山獨見君。野橋經雨斷，澗水向田分。不爲憐同病，何人到白雲？」

此詩前六句皆寫景，屬於視覺形象。

㈠落日返照荒城：城，夕陽，落葉是很好的攝影題材。

㈡古路，寒山，亦寫景。

㈢野橋、澗水二句亦生動如畫。

㈣白雲意味淡泊名利，品格高超也。

最後兩句因前六句之寫景而水到渠成。

•溫庭筠：憶江南—

「梳洗罷，獨倚望江樓。過盡千帆皆不是，斜暉脈脈水悠悠，腸斷白蘋洲。」

此詞全屬視覺形象。

•陳忱：水滸後傳二十二回—

「立在橋上，看那一帶清溪，潺流不絕，靠着山岡，松林深密。有十餘家人家，都是草房。門前幾樹垂楊，一陣慈鴉在柳梢上啞啞的噪，溪光映着晚霞，半天紅紫……到村盡處，一帶土牆，竹扉虛掩，暢林挨身進去，庭內花竹紛披，草堂上垂着湘簾，紫泥堊壁，香几上，火爐內，裊出柏子輕煙，上面掛一幅丹青，紙窗木塌，別有一種情況。……」

・杜甫：閣夜－

「歲暮陰陽催短景，天涯霜雪霽寒霄。五更鼓角聲悲壯，三峽星河影動搖。野哭幾家聞戰伐，夷歌數處起漁樵。臥龍躍馬終黃土，人事音書漫寂寥。」

前六句均寫景，第五、六句已有情；後二句情中有景。

視覺與顏色

視覺形象由於不同的顏色，面有不同的意義。

㈠紅：代表血，象徵犧牲，熱烈，活潑，戀愛，憤怒，輕躁，混亂，煩惱，勇氣，顯貴（在印度），（在中國亦然，但不如印顯著。）

㈡黃：⑴淡黃：和平，溫柔。⑵深黃：莊嚴，高貴。

㈢青（藍）：⑴淡青：未熟，可憐，寒微（印度）。⑵深青：深幽，廣漠，陰鬱。

貝婁：韓伯的禮物－「藍色是荒凉冷漠的色澤。」

㈣綠：久遠，健全，生長，感覺，希望，中正，理想的情感，要脅。

㈤白：光明純潔，神聖，恬淡。

㈥黑：嚴肅，神秘，悲哀，沉默，恐怖，罪，死滅，潛意識，混沌，幽鬱。

實　例：

・范晞文：對床夜語卷三—

「老杜多欲以顏色字置第一字，却引實字來，如『紅入桃花嫩，青歸柳葉新』。不如此，則語既弱而氣亦餒。他如『青惜峯巒過，黃知橘柚來』，『碧知湖外草，紅見海東雲』，『綠垂風折筍，紅綻雨肥梅』，若『白摧朽骨龍虎死，黑入太陰雷雨垂』益壯而險矣。」

・杜甫：雨過蘇端—「紅稠屋角花，碧委牆隅草。」

・杜甫：絕句二首—「江碧鳥逾白，山青花欲然。」

・李白：送竇明府薄華還西京—

「遠煙空翠時明滅，白鷗歷亂長飛雪，紅泥亭子赤欄干，碧流環轉青錦湍。」

一連兩句中各出現兩種顏色較不常見，如：

・王維：藍溪—

「藍溪白石出，玉山紅葉稀，
山路元無雨，空翠濕人衣。」

・蘇軾：湖橋—

「朱欄畫柱照湖明，白葛烏紗曳履行。」

調笑令—

「青蓑黃蒻裳衣，紅酒白魚暮歸。」

‧陳師道：城南—

「白下官楊小弄黃，騎臺南路綠無央。
含紅破白連連好，度水吹香故故長。」（白下爲地名，但白仍可借作顏色。）

‧陸游：小憩前庭院戲書觸目—

「稻秧正青白鷺下，桑椹爛紫黃鸝鳴。」

‧現代小說家納布可夫：「愚昧人生」(Laugh in the Dark)—「頭上只有一片深藍，瑪各四肢分開，躺在淡金色的沙丘。她的四肢，是鮮明的蜜褐色，黑泳衣襯着一條細的白橡皮帶，海邊最完美的招牌。」

又：紅與綠，黃與紫，青與橙彼此爲互補色，在詩文中往往能表現特殊鮮明的效果，如吳偉業：丁亥田西賞菊今年追敍舊約—「黃鷄紫蟹堪携酒，紅樹青山好放船。」

貳、聽覺

聽覺意象雖不如視覺之普遍，但有時在效果上勝過視覺。例如：

•唐、駱賓王：在獄詠蟬—

「西陸蟬聲唱，南冠客思深。不堪玄鬢影，來對白頭吟。露重飛難進，風多響易沉。無人信高潔，誰爲表予心？」

•王維：鳥鳴澗（雲谿雜題之一）—

「人閒桂花落，夜靜春山空。月出驚山鳥，時鳴春澗中。」

•欒家瀨（輞川集之一）—

「颯颯秋雨中，淺淺石溜瀉。跳波自相濺，白鷺驚復下。」

•李白：烏夜啼—

「黃雲城邊烏欲棲，歸烏啞啞枝上啼。機中織錦秦川女，碧紗如煙隔窗語。停梭悵然憶遠人，獨宿孤房淚如雨。」

•李白：春夜洛城聞笛—

「誰家玉笛暗飛聲，散入春風滿洛城，
　此夜曲中聞折柳，何人不起故園情。」

・張繼：楓橋夜泊——
「月落烏啼霜滿天，江楓漁火對愁眠。
姑蘇城外寒山寺，夜半鐘聲到客船。」

・杜甫：登高——
「風急天高猿嘯哀，渚清沙白鳥飛回。
無邊落木蕭蕭下，不盡長江滾滾來。」

・杜甫：贈花卿（蜀將花驚定以將領的地位奏天子之樂，其他方面亦僭越）——
「錦城絲管日紛紛，半入江風半入雲。
　此曲只應天上有，人間那得幾回聞？」
諷刺僭越之臣子：天上之樂，不應人間奏之。

・錢起：省試湘靈鼓瑟——
「善鼓雲和瑟，常聞帝子靈。馮夷空自舞，楚客不堪聽。苦調淒金石，清音入杳冥。蒼梧來怨慕，白芷動芳馨，流水傳瀟浦，悲風過洞庭。曲終人不見，江上數峯青。」

(1)雲和瑟爲最好的瑟。

(2)奏者爲娥皇女英，都是有靈氣的人。

(3)曲寫音樂的感染力。

(4)「江上數峯青」由視覺形象之反射使聽覺更永恆。

故視、聽覺最好交融在一起，使更有立體效果。

·韓愈：秋懷詩——

「卷卷落地葉，隨風走前軒。鳴聲若有意，顚倒相追奔。空堂黃昏暮，我坐默不言。……」

·韓愈：聽穎師彈琴——

「呢呢兒女語，恩怨相爾汝。劃然變軒昂，勇士入敵場。浮雲柳絮無根蔕，天地濶遠隨飛揚。喧啾百鳥羣，忽見孤鳳凰。躋攀分寸不可上，失勢一落百丈強。」

玆依次分析之：

(1)細語

(2)激昂聲

(3)輕柔聲，如蜻蜓點水

(4) 忽然一個聲音拔出，鶴立鷄羣。

(5) 聲音之突落。

•白居易：琵琶行—

「大絃嘈嘈如急雨，小絃切切如私語。嘈嘈切切錯雜彈，大珠小珠落玉盤。間關鶯語花底滑，幽咽流泉水下灘。……」

•劉禹錫：秋風引—

「何處秋風起，蕭蕭送雁羣，朝來入庭樹，孤客最先聞。」

•張炎：西子妝慢—

「……千年事，都消一醉，謾依依，愁落鵑聲萬里。」

•辛棄疾：念奴嬌—

「晚風吹雨，戰新荷聲亂。」

•蔣捷：虞美人—

「少年聽雨歌樓上，紅燭昏羅帳。壯年聽雨客舟中，江濶雲低，斷雁叫西風。而今聽雨僧廬下，髮已星星也，悲歡離合總無情，一任階前點滴到天明。」

• Pushkin（普希金）的詩：

「沒有人知道如何或何時，
他竟消失了，一個孤獨的漁人，
就在那個夜裏聽到馬蹄聲，
哥薩克語，以及一個女人的耳語。」

此段詩中接連出現三個聲音，擴大了我們的感覺層面。

• 屠格涅夫獵人日記：歌聲—

「他的第一聲是軟弱而且不平均，好像並沒有從他胸裏發出來，却彷彿從遠方吹過來，偶然吹到屋裏來一般。這個顫顫索索的歌聲，奇怪地感動了大家……過了一陣，他的聲音不再跳躍了——却抖索着一種不很顯著的情感的內部的抖索，像劍似的射進聽者的心裏——這種聲音不斷的堅硬起來擴大起來。記得有一天晚間，在海潮退去的時候……一隻大白鷗坐在那裏一動也不動，把絲綢似的胸脯，向着胭脂色的紅霞，僅只慢慢地開展着自己的長羽毛以迎接它相識的海，迎着低斜的深紅的太陽。」

•莫泊桑：溫泉—

「我細聽一支心愛的曲子時，就像那些聲音使我的皮膚從筋肉上蛻下來，融化了它，消滅了它，並且讓我如同一個活生生的脫了皮的人，受着樂器的一切襲擊。」

•羅曼羅蘭：約翰•克利斯朵夫—

「樂音隨着節奏而激發，有如葡萄藤沿着樹幹扶搖直上。」以視覺形象描寫聽覺。

•夏目漱石：琴音幻聽—

「一個音符敲響了，像把最粘的粘糕生生拉斷，拉成了許多塊。糕拉斷了，該是各自獨立，却又藕斷絲連的，和第二個音符混在一起。新的連繫夠粗夠大了，却像毛筆的毫尖，又復自然地削細下來。」

•三島由紀夫：金閣寺—

「週遭的清晨，鳥語啁啾，却不見鳥影，宛若整個森林在囀叫。」

與王維「空山不見人」之情調頗近，是種直覺而非比喻。

「夜蟬的叫聲像縫針一般，一針一針地從樹影中穿過。」（天人五衰）把視覺和聽覺揉合在一起。

•劉鶚：老殘遊記明湖居聽書，乃以視覺意象喻聽覺意象之最佳實例。

叁、觸覺

•蘇軾：賀新郎—

「手弄生綃白團扇，扇手一時似玉。」

先視覺，而後「似玉」，使人有滑潤之感，視覺與觸覺呼應。

•杜甫：月夜—「香霧雲鬟濕，清輝玉臂寒。」

•魚玄機：寄飛卿—「冰簟涼風著。」

•向鎬：如夢令—「寶簟酒醒時，枕上月華如練。」

•李清照：醉花陰—「玉枕紗櫥，昨夜涼初透。」

•蘇軾：永遇樂—「好風如水……」

•張孝祥：念奴嬌—「孤光自照，肺腑皆冰雪。」

•劉克莊：滿江紅—「金甲琱戈記當日，轅門初立，磨盾鼻，一揮千紙，龍蛇猶濕，鐵馬曉嘶營壁冷。」因馬之嘶更顯其冷。

•姜夔：惜紅衣—「簟枕邀涼……細洒冰泉，并刀破甘碧。」

•辛棄疾：生查子—「赤脚踏層冰，爲愛清溪故。」

•施閏章詩：「雲氣涼依水，鶴聲淸滿林。」此乃觸、視、聽覺之密切配合。

聽覺與觸覺相連之例：

•徐訏：盲戀——

「我覺得字音像是同我觸覺連續着，有的是尖銳的，有的是圓平的，有的是粗糙的。」

把字的聲音和觸覺相聯想。

•林泠：菩提樹——

「小徑的靑苔像銹，生在古老的劍鞘上，而被我往復的足跡拂去，如拂去塵埃。」

「我背倚樹身站立，感覺泥土一般的堅實和力。」

肆、嗅覺

•姜白石：念奴嬌——

「嫣然搖動，冷香飛上詩句。」

•吳文英：踏莎行——

「潤玉籠綃，檀櫻倚扇，繡圈猶帶脂香淺。」

・張炎：南浦——春水

「和雲流出空山，甚年年淨洗，花香不了……」

・吳文英：浣溪沙—

「門窗花深夢舊游，夕陽無語燕歸愁，玉纖香動小簾鉤。」

・辛棄疾：朝中措—

「綠萍池沼絮飛忙，花入蜜脾香……」

・辛棄疾：鵲橋仙—

「釀成千頃稻花香，夜夜費，一天風露。」

・辛棄疾：清平樂——憶吳江賞木樨

「怕是秋天風露，染敎世界都香。」

・徐琰：沐浴—

「粉汗生香。」

嗅覺意象以在詞中爲多，且多爲「香」字字面及語意。婉約派詞人尤喜用之。

・莫泊桑：溫泉—

「明知道我的鼻子給了我什麼樣的享樂，我暢吸着這兒的空氣，我用這種空氣陶醉自己……我感覺到空氣裏含着的一切、一切，絕對的一切。……從來沒有，從來沒有什麼更其類乎仙境的東西，震動過我的心弦……好呀，那是正在開花的葡萄氣味，我費了四天工夫才發現它。」

・屠格涅夫：獵人日記—

「新伐的白楊樹正淒淒楚楚倒在地上……木屑在潮濕的殘根附近，吹出一種特別的，異常有趣的，憂愁的氣味。」此段中將木屑擬人化。

伍、綜合表現（各種感覺平行，同樣重要）

・楞嚴經卷四—

「六根互相爲用，……無目而見……無耳而聽……非鼻聞香……」

・鍾惺：夜詩—

「靜閱寂喧音。」亦爲視覺、聽覺之交錯。

・法十九世紀詩人波特萊爾（P.C. Baudelaire，一八二一—一八六七年，有人稱之爲惡魔派詩人）爲象徵派之先聲：

「每種顏色、聲響、氣味、觀念化的情感，及每個視覺意象，在每個其他的範疇中，都有對稱的形式。」

意卽可交互運用、重疊、交錯。

・象徵主義詩人藍波（J.A. Rimbaud，——或譯韓波，一八五四—一八九一年）：母音的商籟（母音十四行）—

「A黑、E白、I紅、U綠、O藍：韻母五音。二三日後，我將述母音之誕生爲肉體所不見。」

・盧梭：「語言來源論」—「聲音如能產生色彩的印象，方才具有力量。」

一、二者綜合

(一)視與聽

・王維：積雨輞川莊作—

「積雨空林煙火遲，蒸藜炊黍餉東菑，漠漠水田飛白鷺，陰陰夏木囀黃鸝。山中習靜觀朝槿，松下清齋折露葵。野老與人爭席罷，海鷗何事更相疑？」

・孟浩然：宿桐廬江寄廣陵舊遊—

「山暝聽猿愁，滄江急夜流。風鳴兩岸葉，月照一孤舟。……」

・韋應物：滁州西澗——

「獨憐幽草澗邊生，上有黃鸝深樹鳴。春潮帶雨晚來急，野渡無人舟自橫。」

・謝野晶子——

「比遠方的人聲更渺茫的，那綠草裏的牽牛花。」

㈡**視與嗅**

・晏殊：訴衷情——

「芙蓉金菊鬪馨香，天氣欲重陽，遠村秋色如畫，紅樹間疎黃。……」

・晏殊：踏莎行——

「……爐香靜逐遊絲轉，一場愁夢酒醒時。斜陽却照深深院。」

㈢**視與觸**

・勞倫斯：虹——

「他週圍的空氣，有綠色、銀白色和藍色。」

㈣**聽與觸**

・姜夔：揚州慢——

「清角吹寒。」

二、三者綜合

㈠視聽觸

• 劉長卿：秋日登吳公台—

「夕陽依舊壘，寒磬滿空林。」

• 李益：夜上受降城聞笛—

「回樂峯前沙似雪，受降城下月如霜。不知何處吹蘆管，一夜征人盡望鄉。」

• 李璟：攤破浣溪沙—

「小樓吹徹玉笙寒。」

• 張耒：舟中曉思—

「客燈青映壁，城角冷吟霜。」

• 詩人玉屑卷三引僧詩—

「雲影亂鋪地，濤聲寒在空。」

•耿湋：邠州留別—

「暮角飄長韻，寒流起細波。」

•耿湋：上將行—

「旌旗四面寒山映，絲管千家靜夜聞。」

•蘇軾：永遇樂——彭城夜宿燕子樓夢盼盼，因作此詞。

「明月如霜，好風似水，清景無限。曲港跳魚，圓荷瀉露，寂寞無人見。紞如三鼓，錚然一葉。……」

•杜牧：阿房宮賦—

「歌台暖響。」

•陶望齡詩—

「霜清聽雁過。」

•張愛玲：怨女第二章—

「木輪轔轔在石子路上輾過，清冷的聲音，聽得出天亮的時候的涼氣，上下一色都是潮濕新鮮的灰色。」

(二)**視聽嗅**

・李益：宮怨──

「露濕晴花春殿香，月明歌吹在昭陽。似將海水添宮漏，共滴長門一夜長。」

・希梅耐玆（J. R. Jiménez）：小白驢與我──

「當我們進入一陣橘香之內時，聽到那水車鐵塊的清新而歡樂的聲響，潑拉旦羅愉快地叫着跳着。……」

(三)**視聽觸**

・李清照：醉花陰──

「薄霧濃雲銷永晝，瑞腦噴金獸。佳節又重陽，玉枕紗厨，昨夜涼初透。東籬把酒黃昏後，有暗香盈袖，莫道不消魂，簾捲西風，人比黃花瘦。」

(四)**視聽味**

・柳永：雨霖鈴──

「寒蟬淒切，對長亭晚，驟雨初歇。都門帳飲無緒，方留戀處，蘭舟催發，執手相看淚眼，竟無語凝噎。念去去，千里烟波，暮靄沈沈楚天濶。……」

・王昌齡：送別魏二──

「醉別江樓橘柚香，江風引雨入船涼。憶君遙在湘山月，愁聽清猿夢裏長。」

三、視聽觸嗅

• 溫庭筠：更漏子——

「玉爐香，紅蠟淚，偏照畫堂秋思。眉翠薄，鬢雲殘，夜長衾枕寒。梧桐樹，三更雨，不道離情甚苦。一葉葉，一聲聲，空階滴到明。」

• 周邦彥：少年遊——

「幷刀如水，吳塩勝雪，纖指破新橙。錦幄初溫，獸烟不斷，相對坐調笙。」

• 辛棄疾：鷓鴣天——

「一榻清風殿影涼，涓涓流水響回廊。千章雲木鉤輈叫，十里溪風穲稏香。……」

四、視觸味聽嗅

• 波特萊爾：萬物照應——

「芳香色彩和聲音互相呼應着。有的芳香涼爽如幼兒的肌膚，碧綠如牧場而且柔和如牧笛。」

• 歐陽修：玉樓春——

「常憶洛陽風景媚，烟暖風和添酒味。鶯啼宴席似留人，花出墻頭如有意。……」

五、各種感覺彼此互喻

(一)以聽喻視

・波特萊爾：戀者之死——

「我們將交換一個最後的閃光，如一個長長的嗚咽，帶著驪歌。」

(二)以視喻聽

・勞倫斯：女狐——

「那是狐狸的歌聲。他像稻穀，十分橙黃而輝耀。」

・雷蒙特（L. S. Reymont）：農夫們——

「突然有一陣失望的驚叫，像閃電劃過長空。」

・岡察洛夫：懸崖——

「音調彈出記憶的和絃。許多記憶回翔到他的面前，形成一個把他抱在胸前的女人的姿態。」

・高爾基：俄羅斯浪遊散記——

「牧人的歌聲，形成一條明亮的音流。」

・張愛玲：「怨女」第四章——

「後院子裏一隻公鷄啼聲響得刺耳，沙嗄的長鳴是一隻破竹竿，抖呵呵的豎到天上去。」

・休士（Ted Hughes）：馬群之夢——

「煌然地尋覓著聲音的形象。身體飲盡了噪音。」

(三)以嗅喻視

・巴爾札克：幽谷百合—

「在這世界上有些婦女擁有了這天使一般的精神……那位隱名哲學家聖馬丁所謂的智慧的、悅耳的、馨香的光輝。」

㈣**以視聽喻嗅覺**

・波特萊爾：應和—

「有的香味新鮮有如兒童的肌膚，柔和有如洞簫。」

六、色、聽、嗅密揉為一

・里爾克：盲女—

「所有顏色都移入雜音和氣味裏。而且不斷鳴響，優美得有如音調。」

七、視、嗅、觸、密揉為一

・福克納「聲音與憤怒」中白痴班吉的感受：

「我可以聞到那種光芒耀眼的寒冷。」

高度的感官交錯運用，可促成作品的立體化和深厚感、新穎感，有時更造成一種神秘感。

第五講　文學與想像（Imagination）

壹、定義

想像是文學的主要創造過程。・John Ruskin（羅斯金）在「詩的定義」中云：「詩是運用想像力暗示起高尚情緒的高尚依據（noble grounds）。」

因此沒有想像力便不能產生詩。

想像是人類以過去的經驗爲依據，從其中抽出一部分，經選擇作用後，再構成一種新經驗新感受的一種創造作用。

所謂高尚情緒，可分爲八種：愛、敬、讚美、歡悅、憎惡、憤怒、恐怖、悲哀，後四種經提煉後的部分亦是高貴的。

貳、想像的特質

・Shelley（雪萊）：詩的辯護（A Defence of Poetry）—

「理性與想像的區別在於：前者是一個思想對別的思想之關係的心底作用；後者並不只是思想與思想的關係，而是一個思想對別的思想的積極活動（active）因而構成新的思想。」

按：理性是分辨作用，想像是化合作用。

叁、想像的價值

・Joseph Addison（阿迭生）：

「詩人所安排的事件，爲什麼比實際的事件更有力動人？爲什麼不快的行爲或物象經過詩人的描寫後，便會使我們愉快得感動呢？不外乎這些藝術品是訴諸想像之故。」

・英詩人William Blake（白萊克）以爲想像是眞實而永恆的世界，只有靈視力（vision）或想像力才能瞭解此一永恆世界。

「只有一種能力能造就一個詩人：想像，神性的靈視力。」

肆、想像力的分類

朱光潛分想像爲二類：

1. 再現的想像：回憶過去（限於較低層次）。

2. 創造的想像：根據已有的意象作材料，加以剪裁，綜合成一種新型式。有三個成分：⑴理智，⑵情感，⑶潛意識。

・生理學家吉拉德（R. W. Gerard）云：「創造的想像是產生新觀念或新見解的心理活動。」

就理智而言，是根據分想、聯想二大心理作用：

㈠**分想（dissociation）**

好比在一塊石頭中雕出一座塑像，即選取某些情景形成詩文。

・「落日照大旗，馬鳴風蕭蕭。」（杜甫後出塞，其中「落日」、「大旗」、「馬」、「風」等四者均可獨立，不同意象的組合，構成意境高遠的詩。我們相信除了這四項材料，定有別的情景，但此四者係經作者選擇，是互相平行。又如：

・微風燕子斜。（杜甫：水檻遣興）

・今宵酒醒何處？楊柳岸曉風殘月。（柳永：雨霖鈴）

・請看石上藤蘿月，已映洲前蘆荻花。（杜甫：秋興）

㈡**聯想（association）**

法 Ribot （芮波）分之爲三種：⑴擬人，⑵變形，⑶託物。

1. 擬人（移情作用）　詩人推己及物，以爲物亦有生命，有思想情感。

・感時花濺淚，恨別鳥驚心。（杜甫：春望）

・蠟燭有心還惜別，替人垂淚到天明。（杜牧：贈別）

・長風駕高浪，浩浩自太古。（杜甫：龍門閣）

・公道世間唯白髮，貴人頭上不曾饒。（杜牧：送隱者一絕）

・誰爲天公洗眸子，應費明河千斛水。（蘇軾：中秋見月寄子由）把「天公」擬人化了。

2. 變形　把一種物比成另一種物：

・鬢雲欲度香腮雪。（溫飛卿：菩薩蠻）

（將鬢比作雲，腮比作雪）

・大絃嘈嘈如急雨，小絃切切如私語。（白居易：琵琶行）

・我們準備用巴哈（Bach）莫札特（Mozart）代替街燈。（G. Casso 凱索）

3. 託物

①楚辭中以「香草」喻忠臣

②莊子以「大鵬」喻逍遙

③駱賓王在獄詠蟬中以「蟬」象徵節操

④聊齋中的狐鬼影射人。

伍、其他詩人、批評家之言

・歌　德：

「在寫詩以前，我沒有關於那首詩的印象或預感，他們突然侵襲我，要求我立刻寫成，因此我就覺得被迫的、本能的、作夢似的寫下來。」

・S. T. Coleridge（柯立芝）：

「每一件藝術品中，均係一種『外在的』與『內在的』之調和……，能結合此二者的，即為天才。」此種能力即想像力。

・意大利美學家 Benedetto Croce（克羅齊）：「感受的加工潤色，就是直覺」。在他的理論系統中，直覺即想像。

陸、結　論

1. 與幻想不同　想像是有組織、有步驟、有目的的；幻想則缺乏結構、步驟、與標的。
2. 創造性、思維性　文學的想像是一種匠心獨運的創造，也可說是具有嚴肅思維性的靈感。所以文學的想像即創造的想像。

3. 想像可說是表現的先聲　蘇東坡：「畫竹必先得成竹於胸中。」此成竹已包融了自己的個性、氣質。

有時更可視作與表現合而爲一：

想像 { 狹——心靈作用（腹稿）。
　　　 廣——心靈想像＋文字表現。

4. 一切心理活動之結合　想像不如記憶之呆滯（想像可改變，記憶一改變便錯了），不如情緒之無選擇性、理解之被動、意志之直捷，然而却包含了以上種種。Alexander Pope（頗普）在「詩與個性」中云：「想像是一切心理活動之結合。」

5. 公式　觀察＋瞭解＋體驗→創造　爲以左拉爲首之自然主義者的公式。

6. 知性與感性作用之交滙　想像是知性作用與感性作用之交滙。

7. 發掘潛意識　現代精神分析學者，把想像視作一種發掘潛意識，使之與意識結合之過程。

8. 想像的憑藉　對想像力之培養最有助益的，一是經驗（包括觀察、待人接物等），一是知識，此外作者內心的理想，也會影響想像作用。例如一九四三年出版之亨利詹姆士記事册約五〇〇頁，包括了一八七八——一九一一年詹氏所記的有關夢，小說的構想，個人的印象，聽來的故事、談話、人物性格描寫，上流社會社交圈的流言等，都是知識與經驗的揉合。此例說明了想像的憑藉。

附論：意象

有二說：⑴想像的依據，⑵想像的結果。

意象是想像所依據的材料——就是人們過去的感覺或者已經被知解的經驗，在心裏再現或記起的心靈現象（據魏立克文學論）。

亦有人把意象視作想像的結果。如「鷄聲、茅店、月、人迹、板橋、霜」——溫飛卿寫旅人早起趕路之情景（在秋末冬初），據魏立克之說，此中有六個意象；但若依後者之說，則此中只有一個或兩個意象。

Imagery：意指意象所組成的場面（場景），或逕指一組意象（想像的片斷的結果）。

第六講　意　念（Idea）

壹、定　義

(一)意念就是構成作品的骨肉，俗稱之爲思想。實際上，意念比「思想」廣，它包括了⑴主題，⑵情節，⑶結構，⑷人物。有點近乎「構想」，換句話說，是作品最初的輪廓。所以：

意念
- 狹義：思想、主題。
- 廣義：構想（範圍稍廣，包含得多）。

(二)意念是一定可以用語言表達的。如司空圖詩品：「不著一字，盡得風流。」意爲不拘泥於文字表現，並非不能用文字表現也。

(三)意念接近中國古人所謂「志」：「在心爲志，發言爲詩」。嚴格說，應是有結構、有組織的「志」。由廣義的看，「道」也可以算是意念，但必先摒棄其實用之性質，（如教訓等嚴肅意義）。

(四)意念是詩文的寄託或靈魂：具體的人和事組成的一種人生的具體表現，當然也可以用象徵或神話來完成此一使命。

貳、意念的表達方式

㈠**正面書寫的**

如羅蜜歐與茱麗葉，直接描寫愛情。

㈡**對比的**

1.民族的與社會的　如雙城記（A Tale of Two Cities）寫巴黎和倫敦之對比，及二民族之對比。又如：G. Orwell 歐威爾的流浪記：爲半小說半自傳，亦描寫巴黎和倫敦之對比。（主要以悲天憫人的胸懷描寫巴黎、倫敦之半下流社會。）

2.階級的　貴族的、平民的、中產階級的等階級觀念在文學作品中自然流露，且這些作者多有悲天憫人之胸懷。

杜甫自京赴奉先縣詠懷五百字：「朱門酒肉臭，野有凍死骨」。莎士比亞的威尼斯商人揭示階級、貧富、種族等對比。

3.個人的　品格行爲上之對比。

・巴爾札克（一七九九－一八五〇年）：高老頭－

(1)高老頭與二女兒之對比。

(2)傅得林，看來愉快、慷慨、自制，同時陰險，與高老頭之單純、善良成一對比。

・莫泊桑：畢爾和哲安－畢爾有理想、決心與意志，卻屢遭挫折，又爲母親及弟弟擔憂，哲安私生子，却爲漂亮人物，表面上令人喜愛，生父又留給他百萬遺產，此爲命運與個性發展之對比。

・蘇德曼：憂愁夫人—男主角保爾與兩個妹妹、及其他人成爲對比，男主角爲人幾乎沒有什麼缺憾。

㈢諷刺的

・Swift（史威夫特）之格列佛遊記，借奇奇怪怪的故事作對人生世事之諷刺。（小人國、大人國、馬獸國、地心。）

・儒林外史——諷刺小說（文學性較高）

・官場現形記
二十年目睹之怪現狀 } ——譴責小說（較不成熟）等均有深長的諷刺性。

半諷刺的

・鏡花緣——略似格列佛遊記而稍溫婉。

・平鬼傳、斬鬼傳：以人性弱點爲鬼，而由鍾馗斬之。

・愚人船（Ship of Fools）：作者安波特全面諷刺人性弱點。

{ 反諷：Irony（表面讚之，實則挖苦調侃）。
諷刺：Satire（毫不留情，毫不溫柔敦厚）。

㈣寓言的

以文學作品爲人文的教化的工具。

- 羅馬批評家何瑞士在「詩藝」中說：「詩人的目的是教導或快樂，或二者兼具，如人所言，是對人生的快感的應用。」
- 勞倫斯云：「藝術最主要的功用是道德，不是美，不是消遣。」故勞倫斯的小說除了自傳的成分外皆爲其道德觀之寓言。

把宗教理想和道德教訓以具體的方式表現出來。

- J. H. Newman 紐曼：「我們毋用猶豫地說，詩最終被認知爲正確的道德的領悟。這兒如沒有完美的原則的運用，便沒有詩。」主張詩有寓言之功用。
- A. Spencer 斯賓塞仙后長詩中對天堂之歌頌，對那一個永恆不變的秩序的讚美，其實就是柏拉圖哲學的反射——哲學寓言化。
- 蕭伯納曾受尼釆、布特爾、叔本華、達爾文及一些社會主義者之影響，按照他們的思想加以戲劇化、寓言化，而表現於他的戲劇中。
- 意念喜劇 comedy of idea：將哲學思想以喜劇形式表現出來。
- W. B. Yeats（葉慈）：將神話和古老傳說大量運用，藉以表現他對世界的展望。

叁、意念的來源

㈠**事　實**

若作品中有百分之九十以上爲事實，我們稱之爲記錄文學或報導文學。但是任何小說中必包含若干事實。

・史丹達爾的「紅與黑」即以一樁事實（謀殺案）爲基礎。

・「屠格涅夫的小說都是根據日常生活的眞人眞事」——史朗寧云。

寫實主義和自然主義者較注重事實；浪漫、象徵主義者則否。

㈡**神話、寓言、傳說**

如喬艾斯的尤力西斯。

㈢**個人的經歷**

・歐布洛莫夫（Oblomov）爲岡察洛夫之自傳小說，描寫一個懶散，作白日夢的貴族青年。

・毛姆人性之枷鎖（Of Human Bondage）亦爲自傳式的小說。

㈣**理想的具象化（具體化）**

㈤**幻想的改編**

如一般兒童文學。

㈥**不自覺的部分——即潛意識**

不但二十世紀的作家工於表現之，就是以往的作品，也有不少擅於這方面的。

‧李商隱之無題詩，古今人皆難解。‧元好問云：「獨恨無人作鄭箋」。在現代繪畫、音樂亦有此現象。

‧W. Empson（恩普遜）：把愛麗絲夢遊奇境記依佛洛伊德的理論解釋，通過夢的化裝與曲折的歷程，認爲它在表現生育的徵候。所以，對作者意念的瞭解，個人的學養至爲重要。

肆、作家如何保持意念之豐沛不竭

席勒曾回答一位抱怨自己缺乏創作力的朋友（一七八八年十二月）：

「就我看來，你之所以會有這種抱怨，完全歸咎於你的理智加在你想像力上的限制。……如果理智對那已經湧入大門的意念，仍要做太嚴格的檢查，那便扼殺了心靈創作的一面。也許就單一個意念而言，它是毫無意義的；甚至極端荒唐，但跟着來的幾個意念却可能是很有價值的；也許幾個意念都是一樣荒謬，但合在一起却成了一個甚具意義的連繫。理智其實並無法批判所有意念……。一個充滿創作力的心靈，是能夠把理智由大門的警衞哨撤回，好讓所有意念自由的，毫無限制地湧入，而後再就整體加以檢查。你的那分可貴的批判力，就因爲無法容忍所有創造心靈的那股短暫的紛亂，而扼殺了靈感的泉湧。」

如恩普遜之所釋，一篇作品乃一個完整的意念，然據席勒，意念在一篇中不只一個，且須加以抉擇、鍛鍊、重組，而不宜阻攔於伊始。

第七講 象徵（Symbol）

壹、學說

象徵是一個各界學者通用的名詞，不只文學家涉及它，美學家、哲學家、心理學家、語意學家亦往往使用它。今就文學之觀點加以澄清：

象徵是一種暗示，就是一種高度的隱喻。

・法詩人馬拉梅：「直接說出是破壞，暗示才是創造。」

・查得威克（C. Chadwick）爲象徵下定義：「使用具體的意象，以表達抽象的觀念與情感。」

簡言之，即以具體代抽象。

他著重的，不是外在的，已知世界的現象，而是內在心靈世界的血肉。

・奧登（W. H. Auden）：「一個象徵之能被覺察是在任何可能的意義被自覺地認識之前。」

・德邦（Debon），德漢學家：「象徵是即景能比喻即情者。」

例如：李白詩：「浮雲遊子意，落日故人情。」

其中以查德威克之說最好，已為世人廣泛採用。

例如：(1)白兎象徵純潔。(2)烈火象徵情愛、毀滅。(3)水象徵清潔、贖罪、豐饒、潛意識。

在具體的文學作品中，可舉之例更多：

• S. Anderson（安德森，1876-1941）小城故事中，紙團象徵各自隔絕的人生關係。

• 李商隱：**鴛鴦**—

「雌去雄飛萬里天，雲羅滿眼淚潸然。不須長結風波願，鎖向金籠始兩全。」

「**鴛鴦**」喻男女，象徵人世艱苦，到處陷阱、阻礙，「風波」象徵波折，「金籠」象徵拘束和一種安全感。

• 杜牧：山行—「霜葉紅於二月花。」

南唐李中變之為「好是經霜葉，紅於帶露花。」

「經霜葉」象徵奮鬥者，「帶露花」象徵富家子弟。成為另一種境界。二者高下難分。

• 美小說家麥爾維爾（H. Melville）代表作「白鯨」（Moby Dick）。

(1)白鯨的象徵意義：死亡；船長：人的意志。

(2)白鯨：象徵神秘；船長：代表有目標，虔誠的人。

(3)白鯨：象徵罪；船長象徵善。

(4)白鯨代表造物主；船長代表撒旦。

進一步討論白鯨之白：①光明神聖，②悲劇性。

貳、象徵的形態

㈠思想或意念的形象化

1.如英十七世紀的玄學派詩人（metaphysical poet）鄧約翰（J. Donne）——（十八、九世紀不受重視，二十世紀艾略特推崇之）他以「思想情趣之把握」解之，或謂之「思想化入感情的再創造」。

2.艾略特「荒原」引用變化了三十位作家的作品，集象徵之大成：象徵現代人類精神萎頓之意念（包括情感及潛意識）。

㈡心理或心靈狀態的形象化

佛洛伊特（Freud）曾對夢，精神病者的幻覺及白日夢等加以解釋，他認爲潛意識浮現到意識界來，要經過意識的檢查，遂表現爲壓縮、轉移、化裝和改變等歷程，亦即象徵化之過程，如夢見飛翔，便是對性的渴望之象徵。

有時佛氏把這些壓縮、改變比作走私、偷渡。

人有時抗拒記憶，但潛意識仍存錄之。還有人格的表現，也常以象徵的方法出現。

例：有一位年輕女子夢見給丈夫吃草莓，但實際上他丈夫不愛吃草莓。

①她是受挫折之人，總喜歡給別人不愛之物。②表現一種婚姻的衝突。③對他丈夫白天所引

起的失望的反應。（夢中的變形報仇）

又：Ferenczis（費林克企）記錄之個案：有一女子，夢見她絞死了一隻小白狗，此女子平時仁慈，但：①平日殺鷄殺鳥，②恨小姑，③小姑身材短小。此夢象徵她對小姑的恨意。

喬埃斯、勞倫斯、卡夫卡，他們的作品都擅於象徵。勞倫斯常以動物爲象徵：狐狸、孔雀、馬。卡夫卡的「蛻變」中男主角變成一隻蟑螂，象徵人間的困境，人與人交通的不易。

叁、神話與象徵

㈠神話是人類最早建立的象徵世界，也是標準形式的象徵世界。神話可謂藝術之母。如⑴印度人造了許多怪誕佛像：千手千眼佛像，象徵祂無所不能，無所不見。⑵埃及人的金字塔及獅身人面像都和他們的神話、宗教有密切關係。不僅表現他們原始民族對於宇宙和生命的感覺和感情，也賦予他們以特殊的意義——抽象的、象徵的意義。

希臘奧林坡斯山上，居住着各式各樣的神祇，一方面他們是實體的自然力量或感覺上的超自然勢力；一方面又是人事的具體化身。這些神祇，構成一個嚴密的想像世界，及詭譎富麗的象徵故事。就是戲劇中的合唱隊，也是象徵：有時象徵預言、輿論或一種力量。

・T. S. Eliot（艾略特）葉慈論：「表現神話，不是爲了神話本身，而是把它當作一種媒介（media），用來表現具有普遍意義的某一種情況。」

・英、莫萊云：「戴奧尼蘇士精神有六：①苦惱，②祭禮或犧牲者之死，③代表死的報導，④悲悼，⑤對死者之認知，⑥神格化。因爲戴奧尼蘇士是作樂者，又是殘忍的獵人；是不朽的神，也是受難者；撕成碎片而死，而又復活。」

㈡此外傳說也是象徵的題材來源之一。

傳說與神話不同

1. 傳說與初民的歷史相結合：並非完全夢幻，而具有相當之客觀性——是事實加初民的幻想結合而成。
2. 神話中的世界是超時空的，傳說則有一定的時間和地域。
3. 人與超自然的關係亦不盡相同：

在神話中，人和神是一種對立關係，神是站在絕對主導的地位，而人只是配角。

在傳說中，人便成了主導的角色，人爲自己的命運和前途提供了無限的可能性，傳說中的主角是人類英雄〔或卽人本身的意志（will），而非天志或神的意志〕。

由於傳說有客觀性，所以有寫實的成分，另一半是主觀的，也就是進入象徵世界。我們可以稱之爲「半象徵世界」。如：米開朗基羅的雕刻和繪畫，中世紀的羅曼史（傳奇，Romance）以及文藝復興期間英國、西班牙、所流行的英雄劇，其中所創造的人物，一半具有眞實人生中的血緣，一半又漂流於眞實人生之上；他們把人類的生命力，諸如性格、才能、智慧、衝動等表現到最高程度。這些象徵及半象徵世界，雖已不能完整地存在世界上，但在文學、藝術中，仍然具有象徵的價值。往往一位作家作品中融合了各種神話、傳說、歷史、寓言，以及前人作品的典實，構成了一個高度的象徵形式。

㈢神話不一定是文學，但其結構類似文學，介於意識與無意識之間，而能以某一種方式滿足此二者的文學創作。（古人以神話爲最高眞理的表達方法）。故今有「創作神話論」批評家，極力主張以神話結構研究文學結構。

例如：但丁（Danti）代表作神曲（Divine Comedy）是一部偉大傑作，以地獄、淨界、天堂三部分作象徵。卡來爾稱之爲巨大，遍極全宇宙的，建築性的象徵。我們可說自從但丁走進了黑森林，其後每一件事情都是象徵的。黑森林中所遇到的野獸：一隻花豹，一隻獅子，及母狼，有人認爲源於舊約的耶利米書，代表罪惡、羅馬與帝國。大光明天的白玫瑰被視爲天堂景象，聖體和聖母，艾略特稱爲「視覺的想像」。而中國楚辭中九歌的大部分，山鬼、河伯、湘君、湘夫人及招魂、大招均源於神話的象徵。

非源於神話的象徵

- 蘇軾和子由澠池懷舊：「人生到處知何似？應似飛鴻踏雪泥。泥上偶然留指爪，鴻飛那復計東西！」飛鴻象徵生命之本體，指爪之痕則爲人生的現象。
- 劉鶚老殘遊記中以將沉之船象徵衰危的國運。

・赫胥黎（A. L. Huxley）："Brave New World（美麗新世界），此一美麗新世界象徵人類未來機械化之世界。

・艾略特荒原中以夜鶯那一個遠古的罪惡故事來指責現代人的耳朵。（不能做到非禮勿聽）。

結論

韋氏大辭典：「象徵是用以代表或暗示某種事物，出自於理性的關聯、聯想，約定俗成，或偶然而非故意的相似，特別是以一種看得見的符號，來表現看不見的事物，譬如：一種意念，一種品質，或一個國家，一個教會的整體……例如：獅子是勇敢的象徵，十字架是基督教的象徵。」

例如：岡察洛夫「懸崖」中的女主角祖母貝蕾滋可娃象徵俄國。

・紅樓夢中賈母象徵整個家族已漸漸老化。

象徵二要義

(1)以看得見的符號表看不見的東西，以具體代抽象。

(2)符號與所表意義間有約定俗成的關係，如龍在西方爲罪惡象徵，東方爲祥瑞的象徵。

第八講　語言與文學

語言文字爲文學之唯一工具。現代哲學家以爲人類因有語言文字，故能思想。雖說這是軀殼，但畢竟不可或缺。有人以爲把詩寫成文字，就等於把審美的事實翻譯成理智的事實，（把美的變成智的），本質一變，詩也就不存在了。

其實，詩假若被認作一種文化的產物，它就必須傳達，傳達的方式有許多，但屬於文學一類的便得藉助於文字。因此前說不攻自破。然而我們必須知道語言、文字只是一種符號，符號本身絕非萬能，因此在運用之際，難免有辭不達意或「詩意」不全等於詩的現象。

儘管是一位偉大詩人，當他面臨某種經驗，有時也會顯出某種「失語症」。（(1)可能他遇到頗爲不擅長的經驗。(2)情緒低潮，創作力減低，無能爲力。(3)突然「停電」，頓時沒有知覺。(4)經驗過分沉痛，慘不忍寫，過幾年後也許可以。(5)欲辯已忘言。）但吾人既肯定文學，應不承認所謂「非筆墨所能形容」。

艾略特也說：「詩的經驗，正如其他任何經驗，只能用語言表達一小部分。」

同時，語言的表達，多少要顧及讀者接受記號作用的可能性。（如何顧及讀者？如何不顧讀者？

亦爲作者成長過程中的一項考驗）。讀者、語言和作家同爲文學三要素之一。現代美學家都已承認「語言」爲心靈的一種創造：工具參與了全盤的工程，甚至本身也化入了建築物中。近代語言學者論及語言與文學有密切關係者很多，如德人Max Muller（穆勒）及 J. Grimm（格林姆）。美人 W. D. Whitner（維特尼），義人克羅齊以爲語言哲學卽藝術哲學，俄人 Kropotkin（克魯泡特金）「俄羅斯的文學理想與現實」首章「俄羅斯的語言」中，把俄羅斯語言的長處以很多頁數來敍述：「俄國語言比很多其他歐洲語言在表現人間的感情——憂愛悲喜——的種種投影方面，特別豐富。」

又：俄小說家屠格涅夫臨終對同時代俄作家云：「把我國國語——俄國的國語——嚴格地、純粹地傳給後代吧！」

克氏、屠氏都重視俄國語，可謂典型的作家的觀點。如果對本國語言文字沒有信心，則不可能成爲出色作家。

其次，語言本是曖昧的，法人云：「語言本是給我們隱蔽思想的。」有時以相同的語言表達，意義竟大不相同。

哲學、美學及文藝批評上的種種爭論，卽由當事者所用「文字概念」不同而起。哲學、美學因牽涉知識、概念者較多，故易解決，文學源於情感、想像、情緒，內容本身已不明確，經過語言表達，自不免流於曖昧。自古以來，作家詩人對語言十分敏感，如何毫無遺漏的、精審的、適當的用語言表現他所要表現的思想及情感，直到最細緻的陰影，恐怕是外人所難以想像的。（所謂「文章千古事，得失寸心知」）。

・亞里士多德把適當的語言（Adequate Language）當作優美文體的條件之一。

・法國波瓦洛（Boileau）云：「適當的辭語是必要的。」

・福樓拜（G. Flaubert）教莫泊桑如何寫小說：

「我們所要表現的什麼，這裏只有唯一的字可以表現出它來；說明它的動作的，只有唯一的動詞；限制它的性質的，只有唯一的形容詞。我們不能不搜求這唯一的動詞、形容詞，直到發現了爲止，只是發現近於這字的字也是不能滿足的。不能因爲困難就馬馬虎虎了事。」「我們描繪一棵樹，便得使別的樹不可能像它。」他更在給高萊的信中說：「詞句在一本書中動了起來，就像樹葉在一座森林裏一樣，在相同中又各自不同。」

「批評史」作者桑芝伯萊（Saintsbury）在其書中稱福樓拜之「尊重語言特殊性」的說法爲一語說（Single-word Theory）：即每一字、每一詞語皆是特殊的、不能取代的。

但在近代文學中有持相反論調者，如法國大部分象徵主義者及頹廢派之「曖昧說」（Theory of Obscurity）：語言本來是不完全（沒有完全功能）而曖昧的東西，到底不能完全表現出自己的深邃思想與複雜情感。

比利時詩人、戲劇家梅德林克（Maeterlinck）以爲，最明瞭的觀念是知識作用的觀念，那雖可毫無困難的以語言來表現；但非常豐富而深遠偉大的觀念，却只能用語言暗示。故竭力主張語言的暗示力。這是曖昧說之先驅。

接著由心理學觀點說明暗示論者爲斯賓塞，又推進了一步。

眞正主張曖昧說的爲哥底耶（P. Gautier）與馬拉美（S. Mallarmé）、梅德林克。

·哥底耶在惡之華詩集序中云：

「頹廢派的文體是富於才智的、複雜的，雖是極瑣屑的意味也毫不遺漏的文體，是能使語彙極端的豐富，是用來表現情感上向來最難說明的東西，表現形式上向來最曖昧最容易消滅的輪廓的文體。總之是超越了一向語言範圍的文體，頹廢派的文體，是語言最後的努力，進步到語言這東西所能到達的最高的地方。」

·馬拉美說：

「指明對象，便奪去了詩的樂趣的四分之三。因爲詩的樂趣乃是基於僅得略略推測的事之幸福中，暗示便是夢。」夢就是詩。

·葉慈云：

「誠摯的詩歌的形式，絕不像通俗詩歌的形式，實在說有時候它是模糊晦澀或不合文法的……但它必有各種不可分析的完美，必有各種每天都呈現出新意義的微妙。」（詩中的象徵）

·艾伯哈特說：「人生中最深刻的事物終歸是神秘的。」艾氏爲美國詩人，此處所論亦爲文學。

中國之類似理論

·明謝榛（後七子之一）：「凡作詩不宜逼眞，如朝行遠望，青山佳色，隱然可愛，其烟霞變幻，難於名狀；及登臨，非復舊觀，唯片石數樹而已，遠近所見不同，妙在含糊。」

又評李義山無題詩五首：「格新意雜，寄寓不一，難於命題，故曰無題。」

•梁啓超：「義山的錦瑟詩、碧城、聖女祠等篇，……他講的什麼事，我理會不着，拆開一句句的叫我解釋，我連文義也解不出來，但我覺得他美，讀起來令我精神上得一種新鮮的愉快。須知美是多方面的，美是含有神秘性的。」（中國韻文裏頭所表現的情感）

表面上看來，曖昧說係一語說之對立，事實上乃進一步之推展，不過這種說法往往予人口實。如托爾斯泰在藝術論中攻擊此說，認爲文學應意義清楚。

語言雖須要文法、邏輯、修辭學之輔助，但高明的創作者——尤其詩人，不一定完全受制於文法及邏輯。

•杜甫倒裝詩句如：「香稻啄餘鸚鵡粒，碧梧棲老鳳凰枝。」（秋興）「客病留因藥，春深買爲花。」（小園）等，不勝枚舉。

•韓愈南山詩，用了五十一個「或」字起頭之詩句。他與孟郊的聯句詩中，用了許多倒裝語：差參、瓏玲、湖江、白紅、慨慷，均旨在追求一種新鮮感，並求詩句之老硬勁健。

・王安石改王仲至的一句詩「日斜奏罷長楊賦」爲「日斜奏賦長楊罷」亦然。

詩的語言往往不顧文法，但是爲了達到文學效果，並非爲奇而奇。有時文章太流利是一缺點：

・黃庭堅學優齋銘：「學哉身哉！身哉學哉！」源自班固「堂哉皇哉，皇哉堂哉！」句法相似，用法不同——學與身並非複合詞之分拆，但達成了古拙的效果。

曖昧說與一語說之折衷

・柯立芝：「只有在總體上而非絕對完善的情況下爲人理解時，詩才給人最多的樂趣。」綜合了一語說與曖昧說的長處。

一語說之長處：精練明確。缺點：過分顯露。

曖昧說之長處：含蓄，有多義性。缺點：晦澀。

結論

語言文字就像魔術棒一樣，拙者摸摸弄弄，一無所得，巧者千變萬化，目不暇接。故觀賞者須眼光明亮，心思快速，否則便茫茫然不知何所適從了。

第九講 創作與欣賞

壹、欣賞

一、如何欣賞

㈠朱子語類卷一四〇

陳文蔚問詩。答曰：先知文義，但只知文義不夠，還須得其言外之意，「看得他物事有精神。

第一層次：把文字看清楚（注疏——字意、典故）；
第二層次：揣摩言外之意。

㈡「不虛不靜故不明」（同上）

心裏不宜對外物先有成見。心情平靜、虛懷若谷時較易接受、欣賞，能自作者意識上去領會。張載也說：「致心平易始知詩。」

㈢欣賞之難

閻立本至江陵觀賞張僧繇之壁畫，初至曰：虛得名耳。再至曰：猶近代名手也。三至，寢食其下，隔數日方離去。

陳師道云：以閻立本一代大畫家，欣賞前代大家之作，猶不能立得其妙，何況普通人，硬充行家，不亦疏乎！（原見後山談叢）

二、如何欣賞不同風格的作品？

曾國藩：「有氣則有勢，有識則有度，有情則有韻，有趣則有味。古人絕好文字，大約於此四者之中必有所長。」後又在日記中將詩增加機神一類（無心遇之，人功與天然相湊泊者）。

㈠以氣勢勝

如王曇項王廟詩：「……君王如玉妾如花，君馬一走天下瓜，赤蛇不死白蛇死，妾骨空填垓下沙。兒女英雄兩不足，水廟山烟吾來宿。八千子弟大風來，父老江東到今哭。」

末句有意用倒裝句法，意味曲折，氣勢更妙。

欣賞這一類作品要以吟誦的方式把握作品的文氣和波瀾變化。

㈡以識度勝

此類作品往往意境較高。

• 蘇軾：定風波—

「莫聽穿林打葉聲，何妨吟嘯且徐行，

竹杖芒鞋輕勝馬，誰怕？

一簑烟雨任平生。

料峭春風吹酒醒，微冷，

山頭斜照却相迎。

回首向來蕭瑟處，

歸去，也無風雨也無晴。」

此詞表現對人生徹透的領悟。

・王安石：明妃曲之一──

「意態由來畫不成，當時枉殺毛延壽。」

是翻案之筆，因爲人的容貌本是無法畫得逼眞的。

之二──「漢恩自淺胡自深，人生樂在相知心。」

有人說王安石因政治遭遇而有此作，但無論如何，此亦一種識度，一種新見解。欣賞這類作品，要認清作者的修養、心境及有關主題的歷史社會背景。

㈢以情韻勝

・古詩十九首之十：

「迢迢牽牛星，皎皎河漢女，纖纖擢素手，札札弄機杼。

終日不成章，泣涕零如雨。河漢淸且淺，相去復幾許？

盈盈一水間，脈脈不得語。」

此詩表面上寫二星，事實上寫人，千里遙隔，不得相會，爲一意趣特殊之情詩。

欣賞這類詩，要想像某種情感或情緒的特色及深度，並加身歷其境式的品味。

四以趣味勝

(1)詼諧（以此爲主）

(2)閒適（亦可歸於情韻）

・盧仝：醉詩——

「昨夜村飲歸，健倒三四五。摩挲青莓苔，莫嗔驚着汝。」

寫人醉了，不知週遭是人是物之趣。

・辛棄疾：西江月——

「昨夜松邊醉倒，問松我醉何如。只疑松動要來扶，以手推松曰：去。」

明代公安派李卓吾、袁宏道（中郎）及王思任等，皆有許多以趣味勝之作。欣賞這類作品，要培養生活體察力及幽默感。

三、如何欣賞偉大的作品

褚威格（Stefan Zweig）云：「要潛入他（杜思妥也夫斯基）的作品……必須經歷現實苦惱的所有階梯：人的苦惱，人性的苦惱，藝術家的苦惱以及最後，最恐怖的苦惱——神的苦惱。爲了避免踏入迷惘之途，必須從內部燃起熱情及追求眞理之火。」

杜斯妥也夫斯基的作品宜如此欣賞，其他的偉大作品亦然。

貳、創作

創作的基本態度

㈠自然成文

・吳喬：「唐人作詩，自述己意，不必求人知之，亦不在人人說好，宋人皆欲人人知我意，明人必欲人人說好，故不相入。」（答萬季埜詩問）一心求人知，求人說好，詩反而不佳。自然成文，水到渠就。

㈡著題與否

・朱子語類卷一四〇：「古人作詩不十分著題，却好，今人作詩愈著題愈不好。」故如佛家語「不脫不黏」者最好。詩要「言有盡而意無窮」，此乃詩文之一般原則。俗云「扣住題目兜圈」則生硬無趣，應如東坡「行雲流水」，方得自然韻致。

㈢著重氣勢

太史公、李白、杜甫等由山水、人文觀摩得到新的境界或心靈的磨鍊。除了天賦、修養、旅遊、讀一般書籍外，多讀以氣勢見長之作品亦有助益。

・宋人呂本中童蒙訓：「如李白『曉月出天山，蒼茫雲海間，長風一萬里，吹度玉門關』之類，皆氣蓋一世，學者能熟味之，自然不徧淺矣。」按：此詩渾成而震懾人心。

但一篇作品光有氣勢，沒有高遠的意境，恰切的比喻和象徵、用詞、句法結構（章法），仍不充分，故作者亦應注意意境、用喻、修辭、造句、結構等。

㈣關於小說戲劇創作之基本法則

‧高爾基（Gorki）答記者曰：「小說中的人物，好像一種礦苗，他形成得好或壞，全看某種意念（idea）的炎涼；假如你對某一個人存着冷淡的心腸，那就只能傷害他，沒有別的。這就是說一個作家對於他的人物，必須擁有相當的愛意，必須看重他們才行。」

將此語引申，對某種題材亦是一樣：若對它漠不關心，則不易成功。故對初學者言，應寫自己有興趣，身邊的，熟悉的事物。

㈤要有獨特的風格

‧法人朱里安‧格林（Julien Green）說：「我每看到一本好書，就常想寫一本和它完全不同的作品，**我以為一個青年作家最先的本分就是『忘恩負義』**，他應該只忠實於他自己，願上帝保**佑我，使我寫得不像我所愛的作家**。」

所謂「忘恩負義」，卽在得到其他作家作品之裨益後，應盡力掙脫其籠罩。

受一個大家影響三、四年，則已危險（寫到最後都像是別人的），宜找一個風格相去甚遠的作家再模仿。正如杜甫云：「轉益多師是我師」，「入」了還要「出」。

第十講　文學與道德

中國古代文學家及學者多半對文學中道德問題表示關切。如劉勰原道篇之「道」，固以「自然之道」爲主，但既繼之以「宗經」「徵聖」，則指儒家之道。卽文心雕龍中「道」包含兩種：自然之道與儒家之道。

原道篇云：「夫玄黃色雜，方圓體分。日月疊璧，以垂麗天之象，山川煥綺，以鋪地理之形，此蓋道之文也。仰觀吐曜，俯察含章……自然之道也。」

自然之道，指天地現象，人的現象附著其中。表面上此道不一定與道德有關，但中國哲學中道多與天地併論，故仍可視爲一種廣義的道德觀念。

後來韓愈、二程、朱子莫不重視文學作品中的道德因素。此乃儒家之道。他們主張以道爲主，以文爲僕；或以道爲母，以文爲子。蘇軾有以文貫道說（文、道乃朋友關係）。中國文、道之關係不外以上三種。朱熹反對韓愈、蘇軾之說，層次有所不同也。

羅斯金、托爾斯泰、泰納（Taine）、桑他耶納、布倫諦爾（Brunetiere）都注重道德與文藝之關係。玆將討論此一問題之學說分爲三類：

㈠文藝是非道德或超道德的

1. 性質不同　桑他耶那美感論：「美的價值是積極的，是善的認識，反之，道德的價值是否定的，消極的，乃是惡的認識。」

美的價值是自發的價值，對於它的對象並不含有利害打算的觀念。道德的價值卽使在所謂「積極的善的認識」時，也常常帶有一點利害打算的觀念。一般而言，道德總告訴人不這樣，不那樣，故先認識「惡」。如非禮勿視，非禮勿聽……等是。

又云：「人生分爲快樂與苦痛，遊戲和工作，以快樂遊戲一方面爲對象的稱藝術，以痛苦工作一方面爲對象的稱道德。」

此一看法乃源於康德「無利害感說」(Disinterestedness)及「遊戲本能說」。

當然，此一說法過分強調道德之被動性、利害觀與痛苦的性質，不一定人人都能同意；尤其說它是「惡的認識」更有偏激之失。一個人道德到某種境界時，卽水到渠成，沒有痛苦——「六十而耳順」「七十而從心所欲不踰矩」。道德的實踐也有快樂積極的一面，但藝術所給予的快樂（美、快感）確實是具有自己的特色，與道德的快樂性質不同，它的活動，大部分是自發的，且大部分不涉及利害的考慮。（當然也不可能絕對不考慮利害關係）。至於道德，卽使是一種積極的，善的認識，也不免帶有一些功利色彩。

2.二者活動的過程也是不同的　一是外揚的，一是內斂的，一個可解脫、發揮自我，一個必須克制、拘限自己，但是有些人不免把二者混爲一談，本來該站在藝術的立場上看作品的時候，却站在道德的立場上來看，便造成偏差或爭論。

尤其在作品題材和主人翁之行爲方面，最成問題，如描寫一段邪惡、淫穢的事，或刻劃一個惡人的言行、舉止，是否違背了藝術的基本要求？有人站在道德的立場上說，這是不容許的，如中國金瓶梅被認爲淫書，曾長期列爲禁書，即水滸傳、紅樓夢亦有人稱之誨淫。西方也有相同情形，如查泰萊夫人之情人（Lady Chatterley's Lover）。又如王爾德格雷的畫像（The Picture of Dorian Gray）寫同性戀，有人視之爲惡魔主義的作品，王爾德自辯曰：「藝術與道德不同，藝術是無善惡的。」

(二)藝術是道德的

1. 以題材論

托爾斯泰晚期作品「藝術論」，否定了許多藝術品的價值，以爲藝術作品評斷的標準在題材，要求可以喚起原始基督教的宗教感情或情緒的題材，才是有價值的。

程頤語錄：「問作文害道否？曰害也。凡爲文不專意則不工，若專意則志局於此，又安能與天地同其大也？……聖人只攄發胸中所蘊，自成文耳，所謂有德者必有言也。」（二程子遺書卷十八）

周敦頤：「文辭、藝也，道德、實也。篤其實而藝者書之，美則愛，愛則傳焉。」

這是標準的「文學是道德的」之說。

・索忍尼辛：「作家的任務，在關切廣泛、永恆的問題——人心與良知的奧秘，生與死的衝突，征服內心的悲傷；他們關切人類繁衍、延續歷程中的法則。」

這是廣義的文學道德觀。

2. 以表現成果論

有些作品題材本身可說是不道德的、醜惡的，但由作品給讀者的效果來說，也許恰恰相反，能給人一種極道德，極高尚的情感。

如狄更司的作品對英國社會的貢獻難以估計，但他寫的多爲英國下流社會，其友塞克萊（Thackery）當時看不起他，但以表現的成果論狄更司的要更高。

野叟曝言中描寫高貴的生活，但表現却有淫穢之嫌，這是表面高尚，效果卑俗的例子。

又，哥底那說：「作品的道德性質，只是在那作品產生過程中所表現的東西，換句話說，是由作者的性格而產生的東西，是由於那作品『在怎樣的傾向下被考察及完成而來』的。」實有至理在焉。

㈢藝術是不道德的

1. 王爾德式的唯美主義

「道德是可笑的，藝術家有不顧道德的特權。」

2. 以法批評家包蘭（Paulhan）為首

「藝術是欺瞞性的，藝術給我們的是現實的假象，而不是把現實給我們，藝術給我們一種幻影，使我們迷惑，而成爲不宜現實生活的東西。」

哥底耶說：「那確實是危險的，顯然含有對於道德的危險。然而這不是由於藝術原因的危險，只是『機會』所帶來的危險。」

「藝術絕不像包氏所責難的，單是喚起幻影而已，它雖喚起了幻影，而並不忘却現實。」

「藝術——只要那目的本來是眞實的藝術，——原不過是喚起意識的幻影，或半欺瞞狀態的東西，就是使我們在並不忘却現實、而踏出現實一步的狀態中。」

哥底耶是「藝術不道德」論之修正者，可說是「爲人生而藝術論」之代表，近於「道德藝術論」而有所修正、擴展。他對文學的主張，重點乃在反教條主義和情感的共鳴。

第十一講 文學的類型

文學的類型或簡稱「文類」(genre)，其實就相當於我國傳統的「文體」、或稱「體裁」。文心雕龍分文體爲二十：詩、樂府、賦、頌讚、祝盟、銘箴、誄碑、哀弔、雜文、諧隱、史傳、諸子、論說、詔策、檄移、封禪、章表、奏啓、議對、書記，若再補上騷辭，則爲二十一，計入經、緯，則爲二十三。除了小說、戲劇因爲當時尚未發達未曾列入外，可說無所不包了。當然，劉勰對文學的觀念是廣泛籠統的，並不自限於純文學的範圍。

到了清代，桐城派大師姚鼐編選古文辭類纂，分文體爲十三類：一、論辨類，二、序跋類，三、奏議類，四、書說類，五、贈序類，六、詔令類，七、傳狀類，八、碑誌類，九、雜記類，十、箴銘類，十一、頌贊類，十二、辭賦類，十三、哀祭類。仍受文心雕龍的影響，但只限於今之散文（按：今人泛云「散文」），實已兼包駢文在內），其他如詩、小說、戲劇都未顧及。

至於對詩的分類，大致都以五言、七言、四言、古詩、樂府、律詩、絕句爲準。詞有小令、中調、長調之分；（又引、近、慢爲樂調名，實與長短無關。）散曲有小令、散套（合同一宮調之諸曲爲一套而首尾押一韵者）之分。

小說則有傳奇、話本小說、章回小說等類。

戲劇則有參軍戲、諸宮調、雜劇、傳奇、皮黃（平劇）等類。

西方文學史上的文類，與中國頗有差異，他們的分類方式是形式、內容並重的，主要的如：抒情詩、敍事詩（卽史詩）、田園詩（卽牧歌）、悲劇、喜劇、悲喜劇（卽通俗劇）、鬧劇、長篇小說、中篇小說（有將傳奇——羅曼史 Romance 視作早期之中篇小說者，或逕以此字泛指中篇小說）、短篇小說、小小說、理想小說、寫實小說等。

但最基本的分類是詩，散文、小說、戲劇，或再加入文學批評。

各種文類之間，原應涇渭分明，毫無夾纏，但文學的演變，往往有類別所不能限制的，因此到了後代，甲文類與乙文類之間的關係，便漸漸不甚分明，尤其在二十世紀出現的許多文學作品，更多難辨雌雄者。如短篇小說與散文之分，散文與詩之別，都不免引起困惑。

譬如傳統詩以擁有脚韻爲基本條件，而且每句字數亦較整齊，近體詩更有一定之句數與字數，這就容易與散文區分，不過仍有介乎二者之間的賦與駢文。到了現代，詩的脚韻已不受重視，甚至完全廢棄，詩與散文二者的差距就似乎更縮短了，詳見下編第六講。

下編　文類論

甲、詩

第一講　詩的定義與素材

第一節　詩的定義

詩的最簡潔的定義是：最精鍊的語言，最具藝術價值的文學作品。

英文"poetry"源出於拉丁文，是創作的意思，所以亞里斯多德將 poet 解釋作創作者(maker)。依古英語字源，詩人卽賦形者——將素材安排妥當而有一完整形式的人。因此至今我們稱一切優秀作家爲詩人，甚至藝術家（畫家、雕刻家）亦可稱「詩人」。

‧W. H. Hudson（哈德遜）引用聖奧古斯丁回答人生的兩句話來回答關於詩的問題：「你不問我，我還明白；你一問我，我就糊塗了。」

由此可見詩的複雜和不易捉摸。

•Stedman（斯德曼）：「詩是一種富有韻律而且充滿想像的語言，它表現着人類靈魂的創造、趣味、思想、情感與洞察。」

在此大致揭示了詩的六大要素：韻律、想像、趣味、思想、情感與洞察。

•莎士比亞：「詩人的眼，做一種優美狂熱的溜轉，從天一瞥看到地，從地一瞥看到天；猶如想像，使未知的事物成形出現，詩人的筆，使它們的形象完全。」

此詩不僅說明想像，亦說明洞察的過程。

•培根：「詩是虛構的歷史。」（指未必發生，但可能發生者。）

歷史與詩的高下言人人殊：(1)詩高於歷史，(2)詩等於歷史，(3)詩是較低微的歷史。

•約翰生：「詩是一種卑微的歷史。」

•米爾頓：「詩是（模仿）熱情的」，「詩是我們的情感給予我們思想的影響。」

•波特萊爾：「詩是超自然主義，詩是反語。」（paradox——正言若反，弔詭語——兩個相反事物的緊張狀態或調和。）如：「你眸中的熱焰，寒冽如水。」

反語，即表面矛盾、其實調和之文字。

·馬拉美：「詩就是暗示，詩就是夢。」這是一般語言所不易表現的，故以詩人創造的語言來表示。

「爲了將詩純粹化，我從夢與偶然中將詩抽出來，而講究着將它與所謂宇宙概念結合的方法。」

·Válery（梵樂希）：「一首眞正的詩，是心靈對於美的拘束之降伏的結果。」

由探索而經營，兼顧才情和功力，亦即從夢與偶然中將詩抽出，並講究與宇宙結合的方法。

·亨特：「抒情詩之所以爲抒情詩，是它處理心靈最深處的快樂與悲哀。凡熟悉詩歌文學的人，絕不會不是一個有敎養的人。」

·華倫在文學論中云：「詩是知識的一種形式，文學所給予的，是那些科學與哲學所不關心的特殊知識。」

也就是能給人最直接的一種人的知識。例如「奧賽羅」（莎士比亞戲劇）寫人之妒忌。

・義大利未來派首領Maranetti（馬拉尼蒂）：「詩就是把泥水般的經驗化爲酒。」將醜的人生化爲美是詩的一大特長。

・西脇順三郎：「詩是要發現新的關係的喜悅。」

・西班牙詩人安東尼奧馬恰多：「詩的藝術不是以字句追求音樂的效果，也不是色彩、線條或一種感覺的複雜排列，應該是發自內心的精神的顫抖。」

・西班牙大詩人Vicente Alexandre（亞歷山卓）：「詩是把詩人長年藏在心中的一連串問題描示出來。每一首詩……都是一份懇求，一種呼喚和質詢。」

到底詩要說些什麼？如何寫法？

清吳雷發說詩菅蒯：「詩須鑱入，尤貴自然。但講鑱入而不求自然，恐雕琢易於傷氣；但講自然而不求鑱入，恐空腔熟調，且變於枵腹者流。宜先從事於鑱入，然後其自然則得矣。」

「落想時必與眾人有雲泥之隔，及寫出却仍是眼前道理。」

換言之，詩要求深刻，也要平易近人。

第二節　金人瑞（聖歎）說詩

•「詩非異物，只是一句眞話。」此條簡論詩的定義，頗具表現主義之色彩。

•「詩如何能限字句？詩者，人之心頭忽然之一聲耳。不論婦人孺子，晨朝夜半莫不有詩。今有初生之孩，其目未之能眴也，其拳未之能舒也，而手支足屈，口中啞然。弟孰思之，此固詩也。天下未有不動於心而啓口有聲者也。」

以上代表東方式詩論，與克羅齊之說部分相合：心中有詩意卽有詩，不一定要寫出。

•「詩非異物，只是人人心頭、舌尖所萬不獲已、必欲說出之一句說話耳。儒者則以生平爛讀之萬卷，與之裁之成章，潤之成文者也。夫詩之有章有文也，此固儒者之所矜爲獨能也，若其原本，不過只是人人心頭舌尖所萬不獲已，必欲說出之一句說話耳。」

宋人葉適對四靈派詩人徐照詩之評：「皆橫絕欻起，冰懸雪跨，使讀者變掉懰慄……然無異語，皆人所知也，人不能道耳。」與此旨相同。

•「人本無心作詩，詩來適人作耳。」

反對人爲，反對用做作雕琢之法寫詩。

金氏詩論的優點：把詩看作普遍性的東西。

缺點：只顧到一面。

第三節　艾略特論詩的素材

‧「讀書和反省的結果，各種各樣的興趣，接觸和交友以及熱情和冒險。」

其中冒險也可說是熱情的一種特殊形式。除苦難外，此條已無缺漏。

但「詩人必須在不妨礙自己所必要的感受力與所須要的怠惰範圍內，儘量去獲取知識。」否則忙碌而無詩思，並破壞其感受力。

‧「某種新經驗的傳達，對日常生活某種經驗的新理解，或某種有經驗而說不出的東西。」

按：此三者可分可合。

‧「詩的構成作用是種種印象及經驗作無可預期的特別關係的結合。」

此段論及素材的運用。

‧「除了看透人心，詩人必須窺透腦膜，神經系統及消化器官。」

這是說如何獲得素材。

‧「假如語言逐漸改進，對詩人不無好處，假如逐漸惡化，詩人必須盡力而爲。詩人在某些程度內能保持或恢復語言之美，並幫助語言之美積極發展。」

其實語言本身也可作爲詩的素材之一。

第二講 中國詩人的類型

中國詩爲中國文學之主流。二千多年的詩史，源遠流長，而中國詩人之多，恐爲外國所難比。文學史上，詩史歷近三千年而不斷者唯中國而已。

中國歷來詩人可分十一型：

一、高士型

顧名思義，卽恬淡高逸一型。高士不同於聖賢，嚴格地說，沒有一個詩人能兼爲聖人。一方面詩人有其超逸洒脫之一面，也有其世俗之一面，如此才能醞釀出世人激賞的詩篇。另一方面，詩人有豐富的生命力，激盪廻旋，甚至終身不已，不似聖人已達到不動心，從心所欲不踰矩的境界。

如托爾斯泰晚年幾成聖賢，故幾乎否定了文學、音樂等。

當然，高士與凡夫俗子更不同。

陶潛爲此型代表人物。有人誤解他爲出世避人的隱者，其實少年時卽猛志逸四海，不過因爲在出仕過程中發現自己言行與世人齟齬，故想出汚泥而不染，脫出官宦之樊籠，返回田園的寧靜，飽嚐「

復得返自然」的樂趣。他的代表作：歸園田居五首，飲酒詩二十首，最能反映他「嘯傲東軒下」「不喜亦不懼」的情味。

中國文學上所謂隱士雖多，然像陶潛那樣眞正的高士並不多。有的隱者孤僻，有人以退爲進，陶潛却出於自然，對鄉野鄙人如親交故友。他的詩清眞、眞淳，技巧上「以無巧爲巧」。宋人梅堯臣亦類似之，有詩云：「吾道不苟合，我懷固有常。」

二、鬪士型

指有理想、抱負、民胞物與的胸懷者，不肯與世浮沉，在痛苦中仍不忘恕道，在危難中仍處處爲世人着想，有眞正的人道主義精神。

「安得廣廈千萬間，大庇天下寒士俱歡顏。」在秋風中茅屋倒塌而吟成這兩句的杜甫便是此型代表。老杜在官場上是失意的，因而其「致君堯舜上」「竊比稷與契」的志向便難以安頓了。儘管如此，他仍孜孜不息的關切着全民的幸福和哀痛。「減米散同舟，路難思共濟」（解憂詩）「無貴賤不卑，無富貧亦足」（寫懷詩）卽平等博愛之表現。他的兒子餓死，仍不頹喪，希望國家有聖人出，再現天下太平。因此他的詩風老成沉鬱，正是他全人格的反映。元稹說他的詩是集大成的，各種體裁都寫得很高明。

屈原可謂鬪士兼怨客型。

三、宰臣型

特色爲作者身爲國家大臣，居移氣，養移體，「宰相肚裏能撐船」。故作品中多有廊廟之氣。如王安石、陳與義、曾國藩。他們的長處是表現一種寬舒豁達的氣概，非市井小民所能，短處是處於政治漩渦內，若不及時引退，必損及創造的潛力和作品的純粹性。如王安石「縱言及平生，相視開笑噱」（氣派非凡，且有情味。）陳與義「茅屋年年破，春風歲歲來。」（亦展示一種豁達之情。）曾國藩：「安得九州遍公等，撫摩萬衆離煎熬。」但清逸不及高士，沉鬱不逮鬪士，故一般評價比不上前二型。等而下之，有所謂「館閣體」，內容空洞而缺乏眞情感，則根本談不上藝術價值了。

四、名士型

類似高士，但「清」不及之。如蘇軾。他非常崇拜陶淵明，陶詩共一二五首，蘇和其一〇七首，足見傾慕之情。

蘇軾一方面不似陶潛超脫得渾然而徹底，一方面又不似杜甫執著得沉重而坦蕩。因此雖能經常擺脫世俗的纏繞褻瀆，但他的言行却處處表現名士氣息。

名士的缺點爲鋒芒太露：蘇軾「空腸得酒芒角出，肝肺槎牙生竹石。」卽一顯著的實例。然而名士之境界畢竟非根器卑凡者所能達到。

歐陽修可謂介乎名士與宰臣型間者。

王維可謂介乎名士與高士型間者。

五、神仙型

代表人物爲：李白。人稱詩仙。由象徵的角度看，他正是神仙一型。

我們把李白視作神仙或仙才，非因他具有傲天子、呼嬪妃的氣派，而是由於他對人世俗境全然的超越。歐蘇一型是擺脫世俗，杜甫是揹起它，而李白則高高騰上，與之爲二層次的世界，相當於莊子逍遙遊的境界（精神上的太空人），凡人不可企及，甚至無由追踪。所以後代學者教人寧可學杜，不可學李。李白完全以天才運用文字意象，所以不易學，「神龍見首不見尾」，神秘不可捉摸。甚至寫人間情事亦有超邁之氣，如「朝辭白帝彩雲間，千里江陵一日還。兩岸猿聲啼不住，輕舟已過萬重山」。遑論「白髮三千丈」那種超現實的意境了。

六、神童型

中外才子常命薄，但「天嫉才人」並不可靠，許多才人均長壽，如南宋陸游等人，清代康熙至嘉慶時代文人亦多長壽，此與生活安定有關。短命的一流詩人在明之前不出十人，最重要的是李賀（廿六歲），與濟慈（廿五歲）很相似；王勃（廿八歲）與雪萊（三十）相似。神童型指早歲聰明，能作詩且早死者。李賀少年時騎瘦馬、帶錦囊出遊，偶有詩句，便寫下丟入囊中，回去再整理。他是唯美詩人，詩很雕琢，年輕，未經歷世事，詩的內容吟風弄月，多是對宇宙命運的凝神馳思。此由於讀書與想像，對社會疏離，先由宇宙落筆，後始觸及人生的問題。李白的詩雖超塵脫俗，但細心的讀者仍不難在其字裏行間體會出生命的呼籲。李賀却始終保持着一個傑出幻想者的境域。李白詩是天仙之詞，李賀詩是鬼仙之詞。

・李賀：浩歌—

「南風吹山作平地，帝遣天吳移海水，
王母桃花千遍紅，彭祖巫咸幾回死。」

可看出他對宇宙變化的幻想。可視爲代表之作。

短命詩人尙有蕭統、邢居實（一〇六八—一〇八七年，享年十九歲，邢與蘇、黃交遊，八歲時就寫明妃引，傳誦一時。十餘歲有詩集。）

神童型有二特色：(1)才華很高，(2)由於年輕，詩多不寫實，多幻想。

音樂界亦有莫札特、舒伯特等人屬神童型。

七、英雄型

英雄型與鬪士型之別，在前者爲軍人或準軍人，後者無論文、武，凡堅毅不拔者均屬之。

將軍詩人代表：岳飛。滿江紅爲傳世作。氣勢壯，但藝術境界未必很高。一流詩（詞）人應數辛棄疾。辛是職業軍人，做過安撫使，但其壯志——北伐中原，一直未能實現，他一生「以氣節自負，以功業自許」（宋史）其詞風甚寬，也留下不少與他氣節、功業相契合的詩篇。但他過於豪邁，有人告他「用錢如泥沙，殺人如草芥。」後終退隱，但對當年軍旅生涯非常懷念，復國之志亦未放棄。

- 「胸中不受一塵侵。」
- 「將軍百戰身名裂，向河梁，回頭萬里，故人長絕。」
- 「千古江山，英雄無覓，孫仲謀處……想當年，金戈鐵馬，氣吞萬里如虎。」揉合了懷古之思與英雄之氣。他的氣概本來如此，當時的時代更磨礪了他，眞所謂時勢造英雄。他雖未能成北伐的英雄，却在文學史上留下了英雄的典型。

有人評「東坡曠、稼軒豪」，豪的氣象更大。

除此之外，唐人高適英雄氣多於宰臣味，詩風多沉摯。另外與辛同時者有陸游，雖只是準軍人，但亦可屬之。梁啓超說他的「集中十九從軍樂」；「辜負胸中十萬兵，百無聊賴以詩鳴。」放翁有詩云：「安得鐵衣三百騎，爲君王取萬山河。」顯然是英雄氣概。放翁好友兼上司范成大，詩像田園詩人，詞則有英雄氣。另外有張孝祥、劉過、劉克莊，也是準軍人。

此型作品有失於粗豪者。

八、怨客型

指己憂憂人的詩人詞客，最大的特例是李後主，本可歸於貴族型，但他與其他在粉黛叢中長大的公子哥兒同而不同，一方面是他心靈的飄逸，一方面他是個純眞得近乎無知的可人兒，不幸生爲帝王身。其實他也關心民間疾苦，但太年輕，對政治無經驗，且南唐國運垂亡，同天乏術。亡國的慘運反而造就了他作品的成熟豐收，其前期作品多風花雪月，亡國後則多深刻的作品：

・「離恨恰似春草，更行更遠還生。」

・「問君能有幾多愁，恰似一江春水向東流。」

・「獨自莫憑欄，無限江山……流水落花春去也，天上人間。」

另有馮延巳也屬此型：

・「舊恨新愁知多少？」

・「少年看却老，相逢莫厭碎金杯。」

馮氏官作到宰相，地位乃用諂詐得來，無宰臣之氣，可說是一小人，但是他詞中的情思才華却不容忽視。

九、貴族型

貴族與宰臣不同，後者以本人的志向氣概才能奮鬪而居高位，且眞能有所作爲，前者則由血脈、運氣而得權位，故二者格調懸殊，理所當然。此型應羅括一些君王，如梁武帝（蕭衍）、蕭綱、陳後主、隋煬帝、唐、玄宗、宋徽宗、清高宗。大體說來，他們的風格靡麗浮誇，甚至與弄臣唱和，大作其豔詞宮調，使詩風趨於唯美。影響雖大，但在文學史上地位不高。

十、學究型

宋明時代理學家詩人是最好代表。此型詩人學識不可輕視，但畢竟是哲學家本色，詩情旣不圓融，詩思亦受自囿，所以佳作難得，如程顥、朱熹、王守仁。方回曾推崇程顥的詩。

- 程顥詩：「鳥聲人意融和候，草色花香杳靄間。」
- 朱熹詩：「羽觴歡獨持，瑤琴誰與晤。」
- 王守仁詩：「巖樹坐來靜，壁蘿春自閑。樓台星斗上，鐘聲翠微間。」

他們的作品偏於閒逸靜定的一型，好作品不多，難成大家。此型中的特例是邵雍，把詩當語錄寫，清批評家沈德潛說：「邵康節詩直頭說盡，有何興會」，錢鍾書說，邵雍的詩是腐學究體。

十一、浪子型

1.代表是柳永，雖作過小官，亦是進士，但長年爲風月場中的人物，作品多是其浪遊生涯的寫照，只有極少例外：

•「帝里疏散，數載酒縈花繫，九陌狂遊。」（如魚水）

•「爛遊花館，連醉瑤卮。」（玉蝴蝶）

•「幾許漁人飛短艇，盡載燈火歸村落；遣行客，當此念回程，傷漂泊。」（滿江紅）

•「多情自古傷離別，更那堪冷落清秋節；今宵酒醒何處，楊柳岸曉風殘月。」（雨霖鈴）

2.晚唐溫庭筠亦屬此類，早年遊江淮，表親姚勗氣他不成器，以鞭抽打，仍不悔悟。

•「門前有路輕別離，唯恐歸來舊香滅。」（三洲詞）

•「孤燈伴殘夢，楚國在天涯。」（碧澗驛曉思）

•「萬事皆從錦水流。」（贈蜀將）

大致說來，浪子型詩比前二型境界高。

以上十一型大致可以包羅中國絕大多數詩人，有些可跨越二、三型而兼之，女詩人亦可歸屬於其中某型，故不另立。女詞人李清照應屬名士兼怨客型。

中國重要詩人分型簡表

	特色	代表人物	備註
高士型	恬淡高逸，有其超逸洒脫之一面，亦有其世俗之一面。	陶潛 韋應物 梅堯臣	
鬪士型	有理想，有抱負，不肯與世浮沉，有眞正人道主義精神。	杜甫 文天祥	屈原爲鬪士兼怨客型。
宰臣型	爲國家大臣，居移氣養移體，作品中多有「廊廟之氣」。	王安石 陳與義 曾國藩	歐陽修介乎宰臣與名士二型之間。
名士型	類似高士，但清不及之，缺點在鋒芒太露。	蘇軾 張籍	王維介乎名士與高士間。
神仙型	對人間俗境全然的超越。全以天才運用文字意象。	李白 賀知章	
神童型	早歲聰明，善作詩且早死者。	李賀 王勃	
英雄型	必須爲軍人或準軍人。	岳飛 辛棄疾 陸游	
怨客型	己憂憂人之作家	李後主 馮延巳	李清照介乎怨客與名士之間。
貴族型	非以本人之志氣才能居高位，(由血統運氣)，故格調不高。	梁武帝 陳後主 唐玄宗 清高宗	
學究型	詩情既不圓融，詩思亦受自囿，故佳作難得。	程顥 朱熹 王守仁	
浪子型	或係風月場中人物，作品爲其浪游生涯之寫照。	柳永 溫庭筠	

第三講　詩與詩人

㈠**詩是一種沉迷，一種清醒。**

有一派以爲詩貴妙悟，如呂本中、姜夔、嚴羽、王士禎。卽⑴把人生道理大徹大悟，⑵把詩的風格體裁理會得很清楚。另一派以爲，詩情愈痴愈妙，袁枚爲代表，近人陳含光亦然。意謂一個人對世事有所執著，方能寫得好詩。

・李商隱錦瑟詩：「莊生曉夢迷蝴蝶，望帝春心托杜鵑。」可謂「痴」之一例。

但好詩人往往二者兼而有之。

王國維人間詞話云：人間成大事業、大學問者，有三境界：

1.獨上高樓，望盡天涯路。（晏殊）（望）

2.衣帶漸寬終不悔，爲伊消得人憔悴。（柳永）（迷）（按：「伊」亦可象徵一種理想，一種抽象的對象。）

3.衆裏尋他千百度，驀然回首，那人卻在燈火闌珊處。（辛棄疾）（悟）（按：踏破鐵鞋無覓處，得來全不費工夫。）

有的詩人只有第一（或第二、三）境界，亦有詩人兼有三種境界。

在詩的境界言，迷的境界並不一定比悟低，而往往迷、悟兼有的詩人才是大詩人。只迷、或只悟，亦可能為大詩人，唯只「望」必不可能成大詩人。

・濟慈云：「想像可喻以亞當之夢——他醒來且發現它是眞實的。」可用以比喻悟境。

㈡**詩是冒險，也是極度的穩紮穩打。**

是一種心靈的冒險、探險，用詩的文字表達出來。是精神上經過一種歷練。譬如旅行可能經過一崎嶇的道路，但到目的地後必須紮營，穩固地安頓下來。

㈢**詩是一種摸索。**

以耳、眼、鼻，以觸覺及心。當你企及一些光熱、一些聲音、一些形跡時，你必喜悅，然後你務必開始去考驗那些喜悅。—用才華和功力。

詩人若不考驗其「喜悅」，寫出者必非第一流詩。

㈣**詩也許是無花果，也許是無果花。**

1.「無花果」：內容、精神最為重要，不一定講究文采、技巧。

2.「無果花」：內容不深刻，但是很美。

最重要的是果的實質，花的香色。兼包並容，方是大雅之道。

㈤**有些詩像胡桃，品嚐者須先敲碎它們的殼。**

不但在品嚐時須有品味的能力，且敲碎時亦須有些技巧。

若我們由詩來了解詩人，有些詩人亦如核桃。

(六)**詩在情人的眸中，也在敵人的額紋中，是悲歡、眞僞、美醜、愛恨等等的試管。**

意卽詩人把各種情感及感受放到試管中去提煉、化合。

(七)**第一流詩人是能唱男高音的女低音，也是能唱女高音的男低音。**

文學史上幾乎一切大詩人均能寫不同或相反風格的詩。朱熹評陶詩：世人皆以爲陶淵明恬淡自然，其實其豪放得來不覺耳。屈原作品亦不僅離騷之風格，如橘頌便大不同。

(八)**詩願與一切爲友，但不與聲光化電之輩競走。**

此卽詩與科學之關係：

科學與藝術能否和諧？有人抱悲觀態度，以爲科學排擠文學。其實卽使在古代亦鮮有人深信月中有嫦娥吳剛，但想像中的情感相信它。今人亦然。西方人亦有月之神話。太空人登月，反增益月之情趣也。

(九)**詩人的處境——詩窮而後工**（一個作家成熟的條件）

宋歐陽修在梅堯臣（聖俞）詩集序中特陳「詩窮而後工」說。意爲詩人在窮的狀況下詩才能寫得很好。文學史上，此問題在唐代白居易與元九書，甚至司馬遷報任少卿書中已經顯現。有人以爲唐代「達」的詩人只有高適，其餘皆「窮而後工」者。

不過，最早正式提出此論者爲歐陽修：「非詩能窮人，窮者而後工也。」

「窮而後工」之窮有三層意義：⑴仕途不得意，社會地位、精神上不得意，⑵生活潦倒，貧窮，⑶「強學文章力已窮」——窮盡心力也。此問題經過歐陽修提出，王安石、陳師道等人的討論呼應，至南宋言者更多，成爲文學上的一種理論。

陳師道寫王平甫文集後序：「聖俞以詩名家，勢不前人，年不後人，可謂窮矣。同時有王平甫：：其窮甚矣，而文亦蔚然，又能於詩，惟其窮愈甚，故其得愈多，信所謂文窮而後工也。雖然，天之命物，用而不全，實者不華，淵者不陸，物之不全，物之理也。蓋天下之美，則於富貴不得兼而有也。詩之窮人，又可信也。方平甫之時，其志抑而不伸，其才積而不發，其號位勢力不足動人，而人聞其聲，家有其書，旁行於一時，而下達於千家，雖其怨敵，不敢議也，則詩能達人矣，未見其窮也。夫士之行事，窮達不足論，論其所傳而已。」

陳師道的「達」指「立言」之達，與歐陽修所謂立功（功名）之達不同。故其前半係呼應歐陽修正反二定律，後又說明一神秘理論（宿命）以及從新的角度看窮達。

漫叟說詩：「二子（孟浩然、孟貫）正坐詩窮，所謂轉喉觸諱。」則說明了詩能窮人。

南宋楊萬里以爲窮、達詩人皆有缺點：「疚於窮者其詩折……折則不充；慆於達者其詩衒，……衒則不幽。」受挫折時寫詩，內容不夠充實，氣勢亦不足；洋洋得意時，炫耀功名，則不夠幽雅。二者都是寫壞詩的條件。故大詩人須窮而不疚其窮，達而不慆其達。

曾國藩在雲槳山人詩集序中反對「詩窮而後工」說，以爲達者方有宰臣之概，說盛唐詩人均有恢宏氣度。實則曾氏此文係囿於立場不得不然。（其實盛唐詩人亦多窮。）

另一派——折衷派——主張二者皆好。如孔尚任以爲窮者之詩工，達者之詩佳，不分軒輊。然自宋代至清末，大多數學者贊成「窮而後工」說。

結論

(1)窮者見識多，題材多。窮者受貶謫，到處觀察民情，關心民生疾苦，經歷較多。

(2)窮者更能體會多種感情——因爲經歷多。謝榛說：「歡喜之意有限，悲感之意無窮。」「愁苦甚則有感，歡喜多則無味。」

(3)因窮者的心靈一再受到磨練，正如孟子所云：「天將降大任於斯人也，……動心忍性，增益其所不能。」因此他的情操更深厚，感受力更深刻。自然非指疚於窮者，而是窮中之積極者。

(4)是一種自我補償作用：在立功上不可能，便思向立言發展。

(5)對於外界之歧視、汚辱之反擊。如清批評家徐增而菴詩話：「作詩必須被人罵過幾年才有進步。」

(6)擴大對自我困境之憐惜、關懷爲廣泛的同情。作窮苦者的代言人，成爲眞正的人道主義者。

(7)因時間多，故閒情逸致較達官貴人爲多。達者忙碌，除非下台，沒有充分時間從事創作。

(8)因爲多歷山川地方，胸襟較開朗，且稍有成就的文人，卽遭遇困境，氣亦未必歉。多識草木蟲魚鳥獸，對他們的作品有很大的幫助。

(9)中國有安貧樂道的傳統，自孔子「富貴於我如浮雲」始，使中國之窮詩人對生活有另一種信心，而能泰然創作。

又「詩窮而後工」可擴充於文學（其他文章）、藝術。

分類舉例

(1)窮而工，達而才盡——如江淹。（江郎才盡）

(2)達而工，窮而更工——王安石。（較少見）

(3)窮而工，工而更窮，又達——索忍尼辛。

(4)窮而工，達而不工，再窮而工，達而又不工——王昶。

西洋的類似理論：

- 西諺："Poetry and poverty go hand in hand."（詩與貧窮恆攜手。）
- 柏拉圖：「**飢餓爲藝術之師**。」
- 舒伯特：「我的音樂是我的才能與貧窮的產物。」
- 湯瑪士曼：「貧窮和毀壞的境遇，乃產生嚴肅作品的殿堂，美好的作品只從困苦生活中來。」

均**可作爲旁證**。

第四講　抒情詩與敍事詩

西洋人把詩分爲主觀的詩和客觀的詩。主觀的又稱個人的詩或抒情詩（lyrical poetry）。客觀的詩又分三種，一爲敍景詩（Scenographic poetry），二爲故事詩（ballad），三爲敍事詩（epic poerry或narrative poem）。三種中以敍事詩最重要，又稱史詩。但實際上史詩不一定與歷史有關。Gummere（貢摩爾）詩學提要（Handbook of Poetics）云：敍事詩早於抒情詩。因爲敍事詩是屬於外在世界的，它的功能在說一個故事，如荷馬史詩伊里亞德，奧狄賽。而抒情詩是主觀的，乃從個人生命所分出來，不是處理事件，而是處理感情，故比前者屬於文化更進步的階段。

亞伯特（Paul Albert）云：「抒情詩人是新的社會的解說者。……小兒和古代社會僅僅以他們周圍的事件或自然的事件爲滿足，但人類到了自覺到他們心中的世界、欲望、希求、恐怖等時，便要想表達出來。抒情詩的功能便在於此。」

亞里斯多德的「詩學」裏，只討論敍事詩而不理會抒情詩，他把抒情詩附入戲劇，而不把它當作自己可以獨立的東西。他只認爲抒情詩是出聲而歌的歌謠，因此易使後人認爲先有敍事詩。

但是格羅舍（Grosse）在藝術的起源中云：「荷馬的史詩不是最原始時代之詩。從心理上說，最初抒情詩不過表現單純的情感，至於敍事詩則必須加入某種反省作用，還要有體認外界複雜事物的能力。」故荷馬與和他同時代的詩人品達（Pinder）是一對現成的例子。

㈠抒情詩的分類

貢摩爾將抒情詩加以分類：

1. 依情感濃度分

(1)單純的：率直的表現情感。

(2)熱狂的：表現特別強烈的情感。

(3)反省的：在情感之外又加入知性成分的。

2. 依題材分

(1)宗教的：如雅頌中之祭祀篇章。

(2)愛國的：如楚辭國殤。

(3)戀愛的：如關雎。

(4)自然的：如陶詩。

(5)哀悼的：哀悼親人、朋友、大人物之作，如元稹的悼亡詩。

(6)反省的：對自己情感、心靈、行爲之反省。

(7)祭宴的：大雅中有不少這類的作品。

抒情詩的主要特色：⑴優美，⑵輕鬆，⑶通俗，平民化。

(二)敘事詩的分類

哈德遜（Hudson）云：「敘事詩可分二大類，一類是成長的敘事詩（epic of growth）一類是藝術的敘事詩（epic of art）。」所謂成長的敘事詩，是集合了古代的民謠與傳說而成，多半不能指明作者是什麼人，只能說是自然的在某民族裏面創造出來的。如英國之貝奧武夫（Beowolf）德國的尼卑隆根歌（Nibelungenlied）荷馬的伊里亞德和奧狄賽，詩經七月、孔雀東南飛、木蘭辭、印度的兩大史詩。

故事詩（ballad）與成長的敘事詩相近，但不盡相同。故事詩是口傳文學，寫下來便是成長的敘事詩。

所謂藝術的敘事詩，哈德遜認爲是「一個天才立於那時代的最高標準，而集古來敘事詩形式的大成。」

如米爾頓的失樂園（Paradise Lost），亦以神話爲題材，但已非原來的神話傳說，是加了作者的見解、學問和匠意的新神話。

貢摩爾論敘事詩的特點云：

1. 只適用於想像和追懷。抒情詩較多用於現在，敘事詩則往往用於過去。在敘事詩方面，詠詩者往往是所詠之物的一部分，但抒情詩本身便是他自己的一部分。
2. 敘事詩的結構較戲劇、小說爲單純。

3. 敍事詩不直接主張道德，它只說故事，道德教訓自然含於其中。
4. 把行爲集中於短時間內，如伊里亞德的重要事件集中於幾天以內，奧狄賽亦集中寫六星期內的事。（與現代文學的趨向類似）。
5. 敍事詩愛用插敍。
6. 敍事詩多反覆的章句（與詩經相似），尤其是特殊的形容詞和語句更喜歡反覆。
7. 喜歡用對話使故事更生動。
8. 以講全體的行爲爲主，而不以講個人性格爲主。
9. 此外敍事詩較著重莊嚴、雄壯、典雅等貴族情調，而且往往是超現實的（此爲標準的西方敍事詩之討論，中國則不然。）還有人不僅以爲敍事詩是史詩，且具下列條件：

(1)行動統一。

(2)有持久的魄力。

(3)具有崇高性（貴族情調）。

(4)動人性（對話）。（據亨德文學槪論）

註：另有 epic ballad：敍事的歌謠，或作史詩的歌謠。兼有史詩及歌謠的性質。

西方批評家對詩另有一種分類法：

㈠**道德派**（**相當中國之載道派**）

主張詩與道德合一。愛默生：「詩就是理智的『虔誠』。」雪萊亦屬之。他的中心思想是追求善的，雖然他是浪漫詩人。

㈡古典派

追求嚴謹與完美，最講究技巧：別的都可以犧牲，只有趣味的正確是必須維持的。英詩人中如頗普（A. Pope）、濟慈（J. Keats）、格雷（J. Gray）、阿諾德（M. Arnold）、愛倫坡（Eagar Allen Poe）——還可包括許多唯美主義詩人。

㈢浪漫派

富於激情、富有反叛性，是古典派的反動，有時有人稱之爲感情派或自然派。主張情操應重於正確（形像的正確），想像應重於理性的過程。近代所謂生活派亦屬之。如彭斯（R. Burns）、史考特（Sir W. Scott）、拜倫（Lord Byron）。

第五講　古典詩詞與現代詩之比較

壹、古典詩與中國現代詩之同異

一、題材（內容）

㈠古典詩

以唐爲主（唐詩是中國文學史上的一大高峯）。

1. 感時——如杜甫之「感時花濺淚」等，白居易詩。
2. 自抒（自剖）——唐代詩人人人能此，宋代詩人只少數例外。
3. 詠物（純粹詠物或詠物以象徵）：杜甫、李商隱……等都有之，但不如宋代多。除非有象徵性，否則文學價值低。
4. 寫景（天象、時令、地域特色）：王、孟、韋、儲（光羲）係佼佼者。
5. 人倫：寫父子夫妻兄弟之情，其中兄弟最多。

6. 文學：吟詠詩酒之趣，或文學批評——始自杜甫「漫爲六絕句」。
7. 詠史：⑴客觀的，⑵藉以抒寫自己懷抱——如左思詠史詩，⑶借古喻今。
8. 邊塞：如高適，岑參。
9. 交遊：朋友應酬唱和之作。此類作品好壞參半，甚至壞多於好，因應酬性質多，故無眞感情。
10. 夢幻：如李賀、李商隱最擅長。亦有夢中得詩之掌故。如許渾、陸游。英詩人柯立芝（Coleridge）的忽必烈汗詩爲夢中所得，中國詩人夢中所得，無如此傑作。
11. 頌揚詩：歌功頌德，或對忠孝節義之人物、德性有感而發。
12. 詼諧——較少，但仍應備一格，西方較多。林以亮說：「有些極好的詩是胡說。」寫得最多也最成功者爲宋人楊萬里。
13. 戀愛：唐詩中不算多，但詩經、樂府詩中很多。
14. 宗教：表現禪機，如王梵志、寒山。以宋爲多。蘇東坡即一例。
15. 懷鄉。

若論宋詩，則須加一「說理詩」。

㈡現代詩

除了缺少邊塞詩，其餘略同。

再補述數類：

1. 男女愛情詩：比古人多，一則受西洋影響，一則亦因時代不同。
2. 心理刻畫：心理分析、精神分析是二十世紀之顯學，自亦影響到詩人的創作。
3. 異國情調：唐代有胡人及日人詩，表現異國情調，但甚少；現代詩則足以搜編成册。
4. 文化交流激成之新意識、新題材(主要爲哲學的)。如一度存在主義對臺灣詩壇之影響甚大。
5. 科學：在中國已有二十年以上歷史，數量不少，但佳作不多。
6. 表現未來世界：以往只表現個人的未來，且很少。現代詩中較多。

二、同一題材處理方式

㈠大自然景象與人事

古典詩以自然寫人事，現代詩有時反以人事書寫大自然景象。

・李白，赤壁歌送別：「烈火張天照雲海，周瑜於此破曹公。」

・杜牧赤壁：「折戟沉沙鐵未銷……銅雀春深鎖二喬。」

・蘇軾，念奴嬌：「大江東去，浪淘盡，千古風流人物。」「亂石崩雲，驚濤裂岸，捲起千堆雪，江山如畫……人生如夢，一尊還酹江月。」均由大自然寫到人事。

・吳望堯，落日則藉此段人事寫大自然變化：「火之宴呀！在大江的對岸」

把落日的現象藉火之宴的意象而與想像中火燒赤壁的現象融合。

把落日餘暉比作火箭。

把連綿的山影想成連綿的戰船。

把煙塵比作千匹戰馬的狂奔。

如此，大半首詩皆以赤壁之戰場景描繪落日：

・「若周郎笑我，我必笑周郎——

赤壁的妙計，原得自落日的靈感。」

天黑了，所有的戰船沉沒了。

這種作法爲古詩人所未曾運用的。

推論：現代人用典更有彈性、更能變化。以往用典，若非一等於一，即以表象的典描寫實在的東西。而現代詩人以實質的典刻畫表象，且最後使表象更有深度，更立體化。

㈡用典方面的增加

古典詩有許多典故已毫無意義，使「佩文韻府」「詩韻集成」無用，而許多僻典亦被廢棄。另一方面，許多新時代、西方的典故，均已大量運用於現代詩。如新科學、生物、心理學……名詞如以太、變形蟲、盲腸、子宮、Camera、蒙太奇都已成爲詩的名詞和典故。亦有人將「羅馬假期」中劇終人散作爲典故，將「羅馬出征英雄的風采」作典故。

楊喚詩的噴泉（其代表作）中幾全爲西方典故及印度等東方典故，沒有用中國典：

「飛進印度老詩人的詩集，

跳上波斯女王的手掌……」

周夢蝶、余光中詩中有中西典故並列的現象。周氏的「豹」詩中：歐尼爾（美國）但丁（意大利）和琵琶湖（日本）、臙脂井出現在同一段中，如此的例子愈來愈多。

明代的李夢陽主張詩學盛唐，唐以後典不用，此種極端復古主義今人已不予理會。以往作品中絕少有外國典故，今已司空見慣。

三、詩的形式

㈠古典詩中近體詩的格式音律最謹嚴，現代詩較自由、不固定，但仍可看出其受古典影響，如楊喚「詩的噴泉」、夏菁「華盛頓四行詩六首」，形式上雖不似絕句謹嚴，但均寫成四行，且無捉襟見肘、削足適履之現象。

詩的噴泉除一、二首外，餘皆押韻；「華盛頓四行詩」只有二首押AABB韻，其餘都和絕句押韻方式相同。

㈡亦有像律詩者：如朱湘的「還鄉」很像排律。洛夫「石室之死亡」有意以整齊形式寫，雖不大像律詩，但原理仍同。

㈢有詩人受西方格律影響而寫類似歐美形式的詩。如徐志摩多作十四行詩（Sonnet）。戴望舒有題爲「十四行」之作，梁文星亦曾仿十四行之形式。

此外句法排列、韻脚的安排，甚至行內韻的醞釀都可看作形式方面的西化。

句子的排列，最顯著、用得最廣的即跨行句的運用。其效果有三：

(1)調整句子的長短：長句可劃分爲二行。

(2)有換氣的機會，改變詩篇的節奏。

(3)可收懸疑之效——一口氣看完，不過如此；轉行則效果不同。

㈣受舊詞影響者，如劉大白、兪平伯，其新詩太像詞曲，內容、用字、意境均然。

眞正變化宋詞格律而成新詩者爲余光中，與唐宋詞人頗有血緣關係，如蓮的聯想、二月之夜等。

四、特質與作法

現代詩與古典詩特質上的不同有：

㈠舊詩的音樂性強

中國現代詩音樂性顯著地減弱，很多不能朗誦。

㈡現代詩圖畫性更顯著

1.如杜甫望嶽：「岱宗夫如何？齊魯青未了。」若末字用「杳」字，形象未若「了」之單純灑落。

2.蘇軾晚眺：神智體，用形象化方式寫出，可見中國象形字變化多端。

3.廻文詩：亦爲中國詩之特別技巧。須待中國文字之特性乃能完成。

4.現代詩人因文字之敏感性而於詩有所創造。法詩人阿保里奈爾 Apollinaire 將詩句排成蠟燭、鏡子（圖畫詩）。

5.美詩人康明思 E. E. Cummings 亦將詩句任意排列組合。

6.中國詩人林亨泰、白萩（流浪者，蛾之死）亦然。但一般批評家認爲如此形式變化只能偶一爲之，適可而止，不可走火入魔。亦有將文字大小變化者：

涅槃　　阮囊

突地，木乃伊們都站起來了

說：**我**

至於排列上的起伏，乃基於下列須要：

1.解釋、說明前句。

2.節奏上有休止、緩慢之作用。

3.造成波瀾感（情緒之波動）。

如方莘「膜拜」，每行最下一字排列整齊，使人有堅實、肅穆之感。但須視題材用之。

我們可以預見：現代詩形式之發展，必有更多取鑑於古典詩之處。少數現代詩人將古詩同現有的句子融入詩中，或造成特殊效果，或以簡馭繁，有時略加變化，自成一種格調。如管管「太陽」：「無邊落木蕭蕭下矣。」情趣大變，乃脫胎換骨之術也。

古典詩中有所謂賦、比、興問題：

· 施補華：「少陵七古間用比興，退之則純是賦。」

· 劉熙載：「李白詩興多，杜甫詩比多。」

現代詩亦可如此說：如羅門詩多比，葉珊詩多興。國內詩人，近年受美國詩影響，賦的成分大增。

· 鍾嶸詩品：「若專用比興，患在意深，意深則詞躓。若但用賦體，患在意浮，意浮則文散。」

比興多易走入羊腸小徑，有晦澀之嫌。多參用賦，則爲現代詩一大展望。

貳、中國文字的特質對古典、現代詩之影響

一、黏附性

在西方語文中，一個句子中有動詞或述語爲構成之必要條件，中文則無此限制。故曰：富於黏附性。如馬致遠天淨沙，九個名詞加「夕陽西下，斷腸人在天涯」，即構成完整意境，西方文字則不可能。李清照聲聲慢：「尋尋覓覓冷冷清清悽悽慘慘戚戚」，非但字面特殊，聲音本身亦造成特殊效果，此唯於富有黏附性之文字中方爲可能。

• 金狄：裸女—

「弦的組合，
 音的震盪，
 一首瑪利亞的讚美曲。

 雲的線條，
 霞的畫面，
 另一幅安格蘭的『泉』。」

以音樂、圖畫烘托裸女，整首詩裏沒有一個眞正的動詞。

二、整齊性與對偶性

駢文、律詩只有在中文裏方可能出現，因單音單字最擅長於此，英文多音節幾乎不可能對仗。當然，末流之駢律流於死的文學，一種積木遊戲，但此特色本身是不朽的。十多年前，有方塊詩（豆腐乾體）此乃過猶不及，勉強追求整齊，傷害了文字的靈活與情意的擴展。即使偶見佳作，亦不足爲訓。但在高下錯落的詩句中，看必要情形，偶而挿入幾行整齊，甚至對偶的詩句，（並非如近體詩規格平仄謹嚴），反而使詩的形式增多變化，而產生異樣的和諧感；並且因爲同數量字音的重複，可增加鏗鏘之勢或沉鬱之感。

•白荻：瀑布—

「曾以握有閃電的雄心，
想力劈封閉的未來，
曾以橫跨宇寰的腿力，
想邁過斷落的世紀。」

以上對偶，增加了鏗鏘之勢。

•菩提：大荒山—

「誰是她心中的懷念？
誰是她懷中的感激？
誰是她腦中的雲霞？

誰是她唇邊的潮汐？」

以上的例子，則可增其沉鬱之感。

此種嘗試可能造成板滯的流弊，但仍值得作者研究。

三、彈性大

中國文字彈性特別大，詞性轉變容易，且似乎頗爲自然，在這方面現代詩人較古代詩人發揮更爲精彩。把抽象名詞置於實體名詞的地位，在修辭學中稱拈連格。如：

「與老無期約，到來如等閒。」

「一床明月蓋歸夢。」

「巴陵無限酒，醉殺洞庭秋。」

「一夜東風，枕邊吹散愁多少？」

「閉戶欲推愁，愁終不肯去。」

「只恐雙溪蚱蜢舟，載不動：許多愁。」

「滿載一船離恨向衡州。」

「簾纖小雨濕黃昏。」

現代詩中亦屢見之：

・周夢蝶：水龍頭—

「時間被囚釘在石壁上了」

・阮囊：閏八月—

「夜已來了啊，鎖着死亡。」

・方旗：故鄉的時間—

「這裏，時間長着齒輪的利牙。」

這種作法，自非僅中文獨擅，但中文的靈活性，確使之能獲得較佳的效果。而在遣詞方面，形容詞、副詞皆能由名詞變位轉化而成，更豐富了詩篇中的詞彙。

・覓虹的止舞人中的「傘展」、

・余光中的塵埃中的「瓜熟」（均作動詞用）

雖屬自創，但不覺生澀。

四、冠詞的妙用

英文的冠詞除"a pair of, a piece of"外，極少變化，且難表現生動之意象，中國則不然。如一「尾」魚，一「彎」新月，一「瓣」花在古典詩中亦已運用此特色：

·杜甫：雷聲忽送千「峯」雨。

·許渾：暖雨晴開一「逕」花。

·陸游：青林紅樹一「川」秋。

在現代詩中如：

·夏菁：噴水池——

「開出一『樹』彩虹，

一『樹』燦爛的煙火。」

東陽海上——

「海上的風，砌起一『牆』高高的浪。」

以上各例，以名詞作冠詞，並有形象化的比喻作用。

·周夢蝶：霧——一「枕」黑甜的沉溺。

·唐劍霞：雪——一「杯」溫慰。

·敻虹：藍珠——一「顆」靜默。

·朶思：關於你——一「朶」不凋謝的愛。

在別的語文中同一意象的描寫卽不易如此潔淨透明，而給人新奇雋永之感。

以上四點爲現代詩發展古典詩既有的成績而在文字上作進一步的創造。

商禽「遙遠的催眠」，以不避節奏重複的方式排比展開，又多少有些廻文詩的意味，也可說拜中國文字之賜。

叁、西方語文對現代詩之影響

不過中國文字亦有缺憾：如表現思想的精密和變化，穿插字句之盈裕自如，單複數之變化，……理須參照其他語文之方法加以蛻化。

㈠歐化的複數用法

「樹們」跟「那幾棵樹」、「那些樹」，節奏感不同。

㈡穿插法

如穿插局部倒裝句，以免冗長而累贅。

・**阮囊：彌撒—**

「訪搖櫓的舟子，
　那載着一船爽口的西瓜的；
訪推獨輪車的莊稼漢，
　那揹着一只熟透的蘋果的。」

㈢倒裝句法

有人以爲此乃模仿西方，其實中國早在離騷即有此例：

・「回朕車以復路兮，及行迷之未遠。」

原因：①押韻，②使重點「回朕車以復路」更強而有力。

唐詩中使用倒裝最多：

・杜甫：絕句六首之四—「隔巢黃鳥並，翻藻白魚跳。」

・秋興—「香稻啄餘鸚鵡粒，碧梧棲老鳳凰枝。」

・日暮—「石泉流暗壁，草露滴秋根。」

・杜牧：早秋—「大熱去酷吏，清風來故人。」

謂大暑去如酷吏之去，清風來如故人之來。

・祖可：小重山—「桃李小園空。」

現代詩中兼受古人及西方的影響：

・楊喚：八月的斷想—「聽見了嗎？混濁的音樂溶解了。」

原意：你聽見混濁的音樂融解了嗎？改變後力量更強。

・鄭愁予：殘堡—

「趁月色，我傳下悲戚的『將軍令』

自琴紘……」

予人綽有餘裕及意外之感。

肆、現代詩中廣義的符號

㈠基本上指標點符號

但能表示某種意義或作用的，那怕它沒有形狀，亦是符號。如分段時空一行，分節時空二行。

㈡標點符號是否應省略

逗點置於句尾不好看，故許多作者省略之。但大部分的問號不能省略。驚歎號亦可省可不省。破折號若省略須低兩格。引號，若影響對話之分明則不可省。如要追尋雙關效果，則另當別論。

句號之局部保留：

・黃用：偶然的靜立—

「若是在威尼斯
我會尋到，你底窗
飄着些釣絲的理由。
遠着呢；呵，地中海……。」

由於此段前後兩部分的關係若卽若離，又不宜分段，故保留「理由」之後的句號。

註：關於「興」，金聖嘆之詮釋：「美女當春而思濃，志士對秋而情至，凡山川林巒，風煙雲露，草色花香，目之所睇、耳之所聞，何者不與寸心相爲蘊結？其勃然觸發，有自然矣！」極值注意。

第六講　詩與散文的比較

古代中國已有文、筆之分，有韻爲文，無韻爲筆。但後來詩與文之性質已經變化，押韻與否已不可作爲詩與非詩的準則，故須另覓標準。

英國文學有 Blank Verse（無韻詩），如梁實秋譯莎翁劇本，其忠實於韻之有無可見。中國之無韻詩自現代詩（五四後期）開始，（古代偶亦有之，但爲數極少。）湯頭歌訣是一本藥書，與詩絕對無關，但是以韻文寫成，而許多西洋詩不押韻，却眞是詩，何況還有散文詩。

壹、中　國

㈠蘇軾：「反常合道爲詩」。相對的，正常合道乃文。

㈡吳喬圍爐詩話：喻文章是飯詩是酒：

「文之措辭，必副乎義，猶飯之不變米形，噉之則飽也。詩之措辭不必副乎義，猶酒之盡變米形，飲之則醉也。」「文之辭達，詩之辭婉。」

蓋「詩爲人事之虛，文爲人事之實。」（此不盡然，詩並非均表現抽象，如史詩；而論說文亦寫虛。）

其不足處在詩與文原料亦可不同，不只處理之方式不同。（二者原料是米，但詩之原料亦可用葡萄、大麥……）

㈢劉熙載：「文善醒，詩善醉。醉中語亦有醒時道不到者，蓋其天機之發，不可思議也。」——一般說醉話多無倫次，但此段中重點不在此，乃指醉時特別有靈感，即今心理學所謂「潛意識」之發洩，**正好補充了吳說**。

㈣陳含光：「情乃詩也，意則文而已。」應改說詩更擅長表現情感，文則更易闡明意義或義理。又云「詩家之要卽用情不用意耳。」

㈤陳世驤：「詩有一種示意作用（poetic signification）（不同於一般的意義——meaning，近乎馬拉美之『暗示』），文章表現意義。」這個區別可以作爲一個觀點，以鑑定出詩與非詩的分別。進一步他指出時間與律度爲詩中基本成分，但這二者易爲人所忽略：「時間與律度發揮積極成效而成爲示意作用時，正是散文所不能表達的。」律度所顯示的不只於外形的韻律，而在「這詩句內在機構的特有力量所示的詩意」。

㈥梁宗岱：分詩爲三類：

- 紙花——近於散文（刻板而人爲）
- 瓶花——二流詩
- 生花——一流詩（自由生長者）

貳、西方

(一)Lessing（萊辛）：「人工符號昇爲自然的符號，這樣詩才有別於散文，才眞正成爲詩。促成這種轉變的工具，是文字的音色、語順、音律（mesure）、旋律（figure）、借喩（tropes）、明喩（similes）等。（借喩如bloody sun，把太陽人格化，是暗喩的一種）。這一切都能使武斷的人工符號逼近自然，但他們未能眞正把人工昇化爲自然。而高級的詩是完全能把人工昇爲自然的詩，那便是戲劇詩。」（因爲劇中語言完全模擬眞人的語言）。

(二)Goldsmith（高爾斯密）主張詩與散文不同在於語彙，某些字特宜用於詩的表達——卽詩的語彙（poetic diction）。

(三)W. Wordsworth（華滋華斯）反對之，云：「我很驕傲幾乎沒有使用通常所謂的詩的語彙。」「在散文與韻文的語言間沒有，也不可能有，本質上的差異。」

(四)另一派主張散文與詩的差別在語彙組合之不同。如bloody與sun連之爲詩，散文則否。

(五)馬拉梅：「詩是暗示。」Valéry（梵樂希）：「詩是一種音樂，散文近於代數。」「詩是跳舞，散文是走路。」二人的共同意思是：詩的境界較繁複。

(六)美詩人E. A. Poe（愛倫坡）：「詩是純粹的抒情，一首詩應有白日夢般的強度，故長詩

（一〇〇行以上）不能成立。」

㈦美新批評家 C. Brooks（布魯克斯）：「詩是弔詭的語言。」散文則否。

㈧A. Tate（泰特）：「詩是張力的語言。」但很多非弔詭、非張力語言的詩亦是好詩。

㈨C. Jung（容格）：「偉大的藝術作品像夢，卽使表面很明朗，但從不自我詮釋，也不定於一解。」說明偉大的藝術作品有多義性（Ambiguity）。詩可作多種解釋，散文則只一解。

叁、日本

荻原朔太郎「詩的原理」：「詩是以音律爲本位的表現，其他文學是以描寫或說明技術爲本位的表現。」（近於陳世驤）「散文訴諸知性意味，詩訴諸情感意味。」

肆、總論

㈠詩比散文更重視藝術的完整性——力求飽和。

㈡詩更重視音樂性，兼重圖畫性。各國的不同文字造成不同的音樂性，以中文寫西文十四行詩便不夠靈活（如孫大雨之訣絕）。

㈢就表現結果言，詩的藝術價值高於散文。就文學史價值論：詩人地位高於散文家。

㈣二者題材不盡相同，詩的材料來源更多。散文可東扯西拉，但詩必須有集中感。

㈤詩是最精鍊的語言，散文不然。

㈥散文與知識有直接的關係，在創作過程中，引書、吊書袋，只要不離題太遠，都不能算是缺點。而詩與知識最多只有間接的關係，即詩人將知識吸收後加以深刻化、豐富化，或者借用知識來發展他的透視力和想像力。

嚴羽，滄浪詩話云：「詩有別材，非關書也，詩有別趣，非關理也，然非多讀書、多窮理，則不能極其致。」一語中的。

㈦晦澀與詩文的關係：由於詩的特殊題材，集中表現，內容深度及特殊的意象等，往往比散文更易予人晦澀之感。非讀者充分運用想像力不能接受，故有些詩像胡桃，非打破其殼不能品嚐。

㈧詩與散文亦有不分彼此之情況，如散文詩。

尼采說：「偉大的散文家差不多都是詩人」，如中國之陶淵明、歐、蘇、韓、柳、杜牧、王安石，西方之歌德、雨果、哈代、勞倫斯（其一部分小說便是散文詩）、愛倫坡、愛默生、艾略特、普魯斯特（Proust）、喬艾斯，此外如屠格涅夫（著有散文詩一書）波特萊爾（惡之華、巴黎的憂鬱）皆兼善二者。

乙、散文

第七講 散文（小品文）的定義及特色

散文一般用以與韻文對論，但在中國有時用以與駢文相對立。故：散文——詩／韻文（含詩與非詩）／駢文

而廣義的散文包括駢文，與詩對立。

壹、定義

散文是最自由的一種文學作品，不論內容與形式。把散文與小說、戲劇對立，則後者須顧及情節、對話、高潮、散文則不必然，較自由。

現代文學中對文類問題已不太重視。

在英文中所謂散文（prose），最早係指小說而言，但後來小說自成一門，於是散文又有 essay 之名（原指論文，後演變爲散文，但今學術論文仍沿用此名）。又一般現代作家都以此爲表現個人

生活觀感之文，因此中國人又稱之「小品文」。

㈠關於 essay 之定義，美 D. S. Meed（米德）云：「這種文體只有在人類對推進文明的各種因素的領悟發展之後，才能產生。因此散文家是說明、估價、欣賞、非難、讚許或預言的人。」

㈡英國墨萊 Sir J. A. H. Murray 新英語辭典：「關於任何特殊的題目，或某一題目的一些枝節的，長短適宜的一種文章。這字本含有還未完成的意思在內……可是現在指的是一種在文體上多多少少經過錘鍊的文章。儘管它的範圍是受着一些限制，這是由M. de Montaine蒙田的Essais（隨想錄）發展而來。」

㈢培根的定義：是對重大問題、重大對象的一種輕鬆的研究。十八世紀愛迭生（J. Addison）史蒂爾（Sir R. Steele）十九世紀藍姆（C. Lamb）——代表作：伊利亞隨筆，史蒂文生（R. L. Stevenson）——代表作：寫給男女。這些作品多半以淵博的學識與深刻的體察為經，輕鬆、幽默的筆調為緯，來表現人生種種現象之感受。

中國散文最早是尙書（非純文學），經先秦、漢、唐宋至明而發展至顛峯。明代之代表作家為張岱（著有西湖夢尋，陶菴夢憶，瑯嬛文集）袁中郎（宏道）、王思任（以幽默見長）、鍾惺。

貳、小品文之特色

㈠自由而無定格。

㈡不拘長短（不能太長），甚至不必計較何處起頭，何處結束（八股文不含在內）。

㈢莊諧並重。

㈣內容不受拘束，宇宙人生皆其題材。

㈤着重個性之表現（文如其人）：有人認爲小品文家的本領就在談說他自己或在表明他自己和外界間一切的關係。（見方重：「英國小品文的演進與藝術」。）

此係狹義的散文。

第八講　散文（廣義）的類型

壹、歷史的散文（敍事的散文）

這一型又被稱爲敍事的散文，其中時間的因素尤其特出。在中國，左傳、國語、戰國策、史記、漢書等都是最好的實例。在西方，哥羅塞斯特之羅伯所寫「編年史」，可說熔敍事詩與散文於一爐，再如希羅多得士(Herototus)的歷史著作，羅馬凱撒的高盧戰紀均是很好的例子。希羅多得士被稱爲史學之祖（484?→425BC）他曾遊歷歐、亞、非三洲，搜集史料，然後回到雅典，著作九卷的歷史，其中評述波斯戰役，雜以舊聞逸事，文體淸雅娛人，不沾沾訓世。凱撒高盧戰紀簡潔。「我來到，我看見，我征服。」一段尤膾炙人口。

此類文章作法分二種：一是編年史的，或稱嚴格的敍事的方法。二是邏輯的，或思考的方法。二者之中，前者起源早，也較單純，可說是講述一個故事或宣揚一樁事件最自然的方法，往往引證事實或給予一些擴展，藉以完成文學的形式和效果，但不容許掩沒事實的存在或重要性，中外史家如司馬遷、司馬光、休謨（D. Hume 1711-1776）南德（德人Neader 1789-1850）都是此類的代表作家。

休謨、南德的史書均從基督紀元伊始。

邏輯的方法後起，亦較複雜，作者有心把事實歸納成原理，把原因、結果、原則等都放大了，他們不滿意於僅僅事實的紀錄，而要進一步理解和思考那些事實。並找出適當之結論，唐代劉知幾史通，南宋呂祖謙的東萊博議（將其弟子批評左傳事實的文章編輯而成）王夫之讀通鑑論，宋論，章學誠文史通義，德人福魯德（Freund）與英人格魯特（G. Grote）的代表作。也可稱爲歷史哲學或哲學化的歷史。

以內容分，可分一般歷史和傳記。韋氏大辭典：「歷史是關於民族之建立和生長的一種紀錄」。中國正史發達，文化史很少。西方文化史發達。（如哈蘭Hallam、瓦頓 Warton 的文學史，吉朋E. Gibbin的羅馬帝國衰亡史，馬許和惠特尼的語言史，路易士和羅素的哲學史，馮何斯特Von Holst之政治史）。傳記在中國歷史中很難跟正史分開，一則紀傳體的史書本就由許多個人傳紀組合而成，如有些紀傳獨立起來就成五臟俱全的傳紀文學。可惜大規模的傳記實在太少，近人已漸注意這方面，包括回憶錄在內，已有不少佳作，如胡適四十自述，蔣夢麟西潮，齊白石的回憶錄。

西方傳記文學較發達，如菲爾德（Field）「作家之昨日」，梅遜（D. Masson）「米爾頓的生平和時代」，更能熔普通史傳和傳記文學爲一爐。羅曼羅蘭（Romain Rolland）「巨人三傳」（貝多芬、托爾斯泰、米開朗基羅），英鮑司威爾（J. Boswell）的「約翰生傳」，美史東（I. Stone）梵谷傳（生命的狂熱），米開朗基羅傳（憤怒與狂歡）等均爲佳構。

此型文章可讀性高，進而要求統一、貫穿、簡潔、精密、描寫的技巧。一方面把握重點，無所遺漏，忠實不虛，一方面又要在有限的範圍加以剪裁，要有充分描摹的膽識。

貳、抒寫的散文（描寫文和抒情文）

㈠描寫文著重在描摹而不在敍述，寫事物而不是事情，偏於靜態而非動態，處理的是空間、地域而不是時間。它的目標是要讀者也看到作者看到的東西，並接受作者的看法。亨德說：「這是一種文字攝影術。」如瓦雷斯（Wallace）寫維蘇威火山，雨果寫滑鐵盧戰爭。或是一種無形事物或場面的描寫。如一種感覺、一種象徵的事物，美霍桑、英羅斯金、美歐文，都擅長描寫文（霍桑代表作：古屋雜憶）。中國柳宗元、徐霞客亦為此中能手。

㈡抒情文方面：時空並重，注意作者情操及情緒的表現，而以客觀的事物事情為輔佐。最大目標在引起讀者的共鳴。如狄更司、賽克萊、吉辛（四季隨筆）。十七世紀之柏比士的日記為抒情文中之佼佼者，日記中細寫作家心底的秘密及日常瑣碎之行動，同時具有歷史價值。中國之抒情文家如袁宏道、張岱、沈三白（復）。

抒情文之佳品一種是潑剌而健勁的，一種是幽淡而雋永的。大體說來西方文學史中多前者，批評家往往側重於此，中國文學史中多後者。（與文化背景有關）不過像唐宋八大家及清代桐城派代表作亦多陽剛之氣。

林語堂「論小品文筆調」云：「筆墨上極輕鬆，眞情易於吐露，或者談得暢快忘形，出辭乖戾，達到如西文所謂『衣不鈕扣』之心境（unbuttoned moods——不拘形迹也）。略乖新生活條件，然瑕疵俱存，好惡皆見，而作者與讀者之間却易融洽，冷冷淸淸，寬適許多，不似太守冠帽膜拜，恭讀上諭一般樣式。且無形中文字重心由內容而移至格調，此種文之佳者，不論所談何物，皆自有其吸人之魅態。」

叁、演講的散文

以西方爲多，中國的若干名家書簡亦可列入此類。

所謂演講的散文指演講稿，是介於口語與文字之間的一型，有時亦叫「感奮的散文」。有別於歷史的散文，「演講的散文」最大目的在喚起讀者之情感，使他接受演說文的主旨，甚且發生行動的力量，是散文中最富刺激性的一類，因此也可以叫「誘導的散文」，培根說：「這是理性與想像被運用於意志之較好的推展。」

可分三類：

1. 議會的。
2. 法庭的：辯論的——邏輯的，說明性質的。
3. 通俗的——感奮的散文。

(一)議會演講文

屬於政治性的文章，在歷史上有名的此類作者多係政治家，如西賽羅、亞當斯、邱吉爾、史蒂文生、甘廼廸（勇者的畫像）。林肯的蓋茨堡演說，駱賓王討武曌檄，孫中山的三民主義均屬之。

㈡法庭演講文

一定富有感奮性。代表作爲名律師法官之演說、辯詞。

㈢感奮的散文

作者既非政治亦非法學家，而是一般性的輿論，形式較自由，題材較廣泛。英美最多，爲民主政治之產物。其特點：

(1)是一切散文中最近語言，甚至最不藝術的，文辭不美，却鋒利有力，往往作大刀濶斧或開門見山的表現。

(2)感動性——是其他散文無可比擬的，否則它便先去存在的價值。它是直接的有效的表事達意，以獲得讀者和聽者的擁護爲最高目標。近人如梁啓超、吳稚暉、胡適、孫中山均擅長之。

肆、教訓的散文

有人認爲散文與詩不同在於它是教誨、解釋的，它主要目的在引出新的見解，或者改變見解，或維持見解（(1)無中生有，(2)有中生有）。這種說法自有偏頗，但至少教訓的散文這一型是如此的，它是最少興奮性和刺激性的。它依靠對眞理簡單的陳述，傳達給讀者的心，而收到它的效果。它和裝飾的想像的，以及詩的元素是絕少或絕無關係的；甚至和描寫的成分亦沒有關係，所以我們可稱之「科學化的散文」或「學院式的散文」。

四大特色：

(1)題材重於風格。

(2)運用容易理解的形式。

(3)主要內涵是知識的、思考的、教育的。

(4)冷靜的、徹底的、審慎的。

這種以嚴肅性和觀念爲主的作品如培根的「學問的進步」，法國十七世紀散文家巴斯噶之「思想」，德雷伯「歐洲知識的發達」，希勒格的「戲劇文學」。愛默生的「散文集」（Eassys—First Series; Second Series）。中國的代表作如梁啓超「歷史研究法」，梁漱溟「中國文化要義」，唐君毅「哲學概論」，胡適「胡適文存」，熊十力的「新唯識論」，方東美的「科學、哲學與人生」。

此外，像喬治・艾略特（George Eliot，英女小說家）亦寫了些哲學的描寫文，主要是關於性格、動機的嚴肅的研究。

卓特（Choat）、韋伯斯特（Webster）則有哲學方面的法律散文。

瓦耳波爾（Walpole）以散文討論政治。

此類包涵廣泛，文化史亦在其範圍內。

此型散文之目標乃精神之激越及心智之增益。

大凡一切文學之黃金時代皆有此種文體存在。

伍、雜文

雜文，亨德稱之爲「期刊的散文」。

在英國自狄福以來便逐漸盛行，故英國爲發祥地，多刋於日報、週刋、季刋、年刋——所謂「報章雜誌型」。

此型散文不限一定的職分和作法，也不限一定之題目和風格，自由和繁雜爲其特色，信筆所之是它的一般作法，短小精悍是其最大優點，因此不論敍事的、描寫的、敎訓的、演說的散文，必要時都可出現雜文中，可謂散文中的鷄尾酒。

如約翰生所以不朽，係因留下了兩部雜文集「漫遊者」、「閒蕩者」。此型文字特點有四：

(1)能夠緊抓題目。

(2)多變化，廣於徵引，却不流於蕪蔓。

(3)內容富眞實性。

(4)貴在不知不覺中給讀者相當之影響。

因此培根說：「它正適合人們的事業和思想，而處理着與人類生活最有關係的事物。」

這種文章的最高境界：⑴簡約、⑵變化、⑶溫雅。因諷刺潑辣之文易作，溫雅之文難得。五四時期徐志摩、周作人、朱自清之文卽屬溫雅者。今人則有所謂「方塊文章」，限於篇幅（約八百至一千五百字），故尤須對主題確切把握。

丙、小說

第九講　小說的定義和分類

壹、定義

小說可謂人生的縮影。

•約翰•皮爾遜說：「一部成功的小說，除了有完整的故事足以吸引讀者外，還要顧及作品本身的思想……那思想所代表的是作者所欲傾吐的眞情實事。」（小說的領域）

•卡洛夫德：「小說顯然是一種近代的發明，是應付着一種近代的需要，一直到前世紀中產階級興起才存在的。」

此條指藝術和文學形式上充分發達之小說。

•又云：「小說就是一種『袖珍劇場』。在它裏面，不但包含着結構和角色，同時包含着服裝、布景，及戲劇表演者所須的其他一切附屬品。」

•溫却斯特：「小說是發揮一般人共通想像和巧妙的文字藝術最適當的手段。且是文學中最適合近代民主社會中產階級的知識、讀書習慣的一種形式。」

•璧珊特（W. Besant），小說之藝術（Art of Fiction）：「近代的小說已變形爲發生許多觀念的模型，但給人們以觀念，增強信仰，教以比現實中所見道德更高尚的道德；支配憐憫、崇拜、恐怖的情緒；創造同情的感念，賦予生命。它是普遍的教師。」

•哈德遜（Hudson）：「小說之所以存在，是由於我們世上的男男女女，對於各時各地的男男女女以及他們的情感行動的全景，無時無地不發生興趣而然。」

•坪內逍遙，小說神髓：「我們的任務在揭穿人情的奧妙，所謂賢人君子那是不用說了，就是一般老少男女善惡正邪的心中內幕，也要一無遺漏地加以描寫，使人情能周密精到，而灼然現出。」

•英李拂（C. Reeve），傳奇小說的發展：「所謂小說是實際生活及風尚的繪畫，也是它所寫的那一時代的繪畫。」

・費爾定（H. Filding）以爲小說有三大法則：

1.不可沒有興趣，也不可太深刻。

2.不可不表現實際生活——與李拂相近。

3.不可教人不正直的事。

（他並不主張表現一種人生觀、世界觀。）

・法人謝佛利（M. A. Chavallery）：「小說就是用散文寫成的某種長度的虛構故事。」

（卡波特之「冷血」可謂例外——完全眞實。）

英國二十世紀小說家佛斯特（Forster）「小說面面觀」中，推崇上述之定義。

貳、分　類

㈠**長篇小說**（Novel）

其一般條件爲：⑴篇幅十萬字以上。⑵有完整的故事。⑶有詳細的刻畫及敍述。⑷有較複雜的主題及較多的人。

傳統的長篇小說無例外，而現代則除(3)外皆有例外。

(二)短篇小說（short stories）（Conte—法文）

中國孟子中齊人有一妻一妾章已具備短篇小說之條件。

聖經中以蕩子爲比喻之故事，爲西方最早之短篇小說。

胡適之定義：「短篇小說是用最經濟的文學手段，描寫事實中最精彩的一段，或一方面，而能使人充分滿意的文章。」

其一般條件：(1)三萬字以下。(2)其他與長篇相反。

(三)中篇小說（Romance）

(1)約三萬—十萬字。

(2)有兩類：①像短篇，但較詳盡，人物較多，時間較長。②像長篇，但未作長足之發展。如張愛玲之金鎖記（後改寫爲怨女）。

近年趨勢，中篇愈來愈少。

日本紫式部（源氏物語之女作者）在一〇〇八年所云：「它並非僅僅在於作者之訴說一個有關於別人驚奇事蹟的故事，相反的乃是因爲說故事者自己對人與事的經驗——不僅是他親身經歷過的經驗，甚或只是他目睹或耳聞的事情——碰巧使他產生一種非常熱切的情緒，以致無法把它緊閉在心頭。自己生活中或遇遭的某種東西，會一再對作者顯得如此重要，以致使他不忍讓它湮沒無聞，它覺得要使世上一切人都曉得它。」其實兼述了三種小說創作的動機。

第十講　小說的要素及作法

壹、小說的要素

小說的要素，據哈德遜所云可分六項：

一、情節、結構（Plot）

小說處理的事件和活動，也就是一些遭遇到或做過的事情，通常包括糾紛、危機、解決三階段。如水滸傳之主要情節：官逼民反、梁山聚義，卽梁山一〇八將與當時政府社會之衝突，以及彼此之間經衝突而和諧之過程。

佛斯特在小說面面觀中說：「我們把情節定義爲將故事依時間順序而整理的各種事件的敍述，而這敍述重點在於因果關係。」

處理情節之原則：

1. 新鮮有趣：最普遍的原則，但非最重要者。

2. 處理得均衡，有節度。
3. 必須有矛盾、有解決（包括不了了之）。
4. 注意集中表現。

有三種方法：

(1) 直接法（direct method）：用全知全能之觀點，作者有如上帝。

(2) 自傳法（auto-biographical method）：如魯賓遜飄流記、白鯨，用第一人稱。

(3) 文書法（Documentary method）：以日記、書信、公文來寫，如少年維特之煩惱，李查遜（Richardson）的巴米拉（Pamela），柯林士（W. W. Collins）之偵探小說。

傅爾斯（J. Fowles）捕蝶人，前半爲男主角自述，中爲女的日記，最後又是男的自述。

佛瑞希（Max Frisch）之發貝爾（Homs Faber）綜合了散文、戲劇、敍事詩、日記。

二、人物（characters）

沒有一種小說是沒有人物的（包括寓言小說中之鬼神，其他生物，甚至人格化之無生物。）簡單地說，即推行種種活動之男男女女。嚴格言之，只有在散文與詩中才可能沒有人物出現。

人物最少的不朽小說應數老人與海，眞正出現的人物只有三人（狹義）：老人、小孩、女遊客。但若定義擴大，魚和大海應亦爲人物，至少在老人心目中是如此。由書名之象徵意義言亦然。

人物分三類：主角、配角、襯角。

主角與配角往往對比或對立，襯角是陪襯主角的。但如西廂記中的紅娘，似乎三種皆可說。紅樓夢中，主角：賈寶玉；配角：薛寶釵；襯角：林黛玉。焦大亦可算一特殊的襯角。

㈠寫人物的原則

人物不求多，但求①必要②生動③深刻——具有典型性、特殊性，且有象徵意義。

㈡人物的來源

1. 自己　沒有一個小說家完全不寫自己。寫實主義之領袖福樓拜說：「包法利夫人就是我」，唯其掩飾高明，故不著痕跡。最極端的如自傳小說——毛姆之「人性枷鎖」即有七、八分自我之成分。
2. 觀察所得　親人、朋友及敵人。
   如但丁神曲中有許多人物爲其政敵。
3. 傳聞或歷史舊聞　如司馬中原的鄉野奇談。
4. 全由想像　其實不可能完全拋開前三者。

三、對話（Dialogue）

對話是大部分小說不可少的，此一因素往往與個性的描寫、情節的發展合而爲一。偶有例外，如現代小說家郭菲德・班恩之「征服」即極少對話。

亦有小說將對話揉合於敍事中，導致讀者沒有對話之錯覺。如愛德華・杜恩（Edward Dorn）之「鹿」。嚴格說來，此項應擴充爲對話與獨白（Monologue）。因爲像「老人與海」中，大部分是老人的獨白。

中國小說中，水滸傳、紅樓夢卽以對話鮮活著稱，對話成功，人物便有生命，情節亦不至於生澀不自然。

對話之原則

⑴自然：不至詰屈聱牙。

⑵恰切：什麼身分的人說什麼話。

⑶有戲劇意味（dramatic）。

四、活動的時間和場所

㈠時　間

1. 大致先後爲序，如十九世紀小說將主角由生寫至死。
2. 倒述法。
3. 插敍法：在主要脈絡中插入某些情節。

⑴狹義：時間順序不亂。（在主要脈絡中插入支脈，於情節無大影響者）。

⑵廣義：包括前面所未交代者，因情節需要而插入敍述。

4. 由結尾先敍，再從頭敍述：6→1→2→3→4→5（電影中亦常用）。

5. 由中間開始敍述，敍完再回到最初。

6. 根本打破時序，純任意識流或自由聯想。或者以主要情節爲本幹，使其他情節依需要連在它身上。如喬埃斯之尤里西斯。

㈡場　所

長、中篇不可能只有一個場所，短篇才可能。

一般說來，小說中之場所較戲劇自由很多，且可以瞬息百變，惟短篇小說場所較少。此亦與作者之切身經驗有關。

場所的變化雖不如時間複雜，但亦有疊合法——如 M. Dura's 杜赫的小說裏，也像其電影劇本廣島之戀一般，把二、三個場景疊合在一起。

還有一種兩地平行發展的作品，如水晶的「無情遊」。

五、風格（Style）

風格是一切第一流文學作品都應該具備的。如果小作家只模仿別人風格，亦難成大器，最理想的情況是風格不但能代表作者特色，且與小說內容密切配合。

同一作家也可能寫風格迥異的作品，如張愛玲金鎖記便與五四遺事同中有異，前者緊湊，是寫實主義作品，且時有象徵意味，後者鬆懈，同時有浪漫情調。

六、人生觀（View of life）

不論是直接、間接的，也不管作者是否意識到，每位小說家總不免對整個人生或人生一些問題（戀愛、婚姻、工作、競爭、失敗、追求、宗教、教育、政治、戰爭……等），表現出一些看法來，或明或暗，或用自己口吻，或借小說中人物的對話或思想。進一步說，他在事件的選擇、人物的安排、情感的醞釀中，便已種下他的人生觀、世界觀或宇宙觀。這也可說是小說中的哲學因素。一篇小說中若缺了這些因素，便只是故事了。

如薄伽丘十日談，中國古典小說之一部分，便只有故事之資格。

那怕自然、寫實主義者，亦不能例外。

當然，人生觀不一定意指能爲讀者解決問題。約翰・皮爾遜「小說的領域」云：「藝術本身是不會解決問題的，藝術家只要寫成作品，便解決他的心靈的問題。」

貳、小說的作法

傳統小說不外以下途徑。

㈠先定好情節結構，再找人物。

如：戰爭與和平。

㈡先有人物，再找對這些人物之性格展開上所必須的事件和場面。

如：湯姆瓊斯、貝婁的何索、擺蕩的人，鮑爾的小丑。

㈢有了一定的氛圍，然後找尋可以表達這種氣氛情境的人物。

如：美人朱愛特（S.O. Jewett）的針樅之鄉，海明威：一個明亮潔淨的地方。

㈣先有思想，再找其他條件配合之，當然亦可能三者兼具而後創作。

㈤先有人物主題，如：水滸後傳。

就型式而言，英人 Foster（佛斯特）分爲二種：

㈠長鍊式：一般情形，逐漸推展，由因到果，脈絡清楚，過程固定。

㈡鐘漏式：故事發展結果，人物之相關地位倒反，或實際精神狀況相倒置。

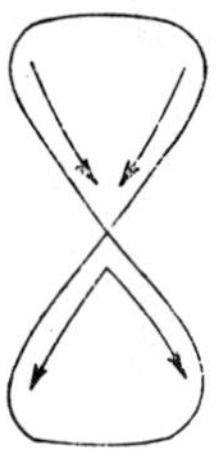

如：Henry James（詹姆士）之奉使記（The Ambassadors）。

中國小說中較少此種情形，長篇勉強有一部：醒世姻緣（但變得不自然、生硬）。此外聊齋中的幾篇亦屬之。

M. Komroff（康洛夫）著「長篇小說作法研究」中分爲十型，又縮減爲八型：

(1)

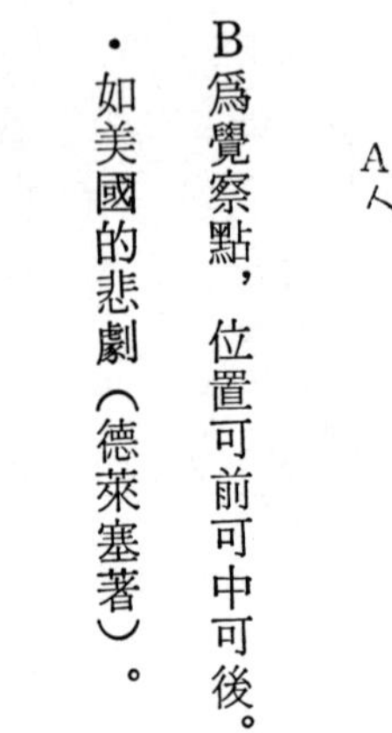

B爲覺察點，位置可前可中可後。

・如美國的悲劇（德萊塞著）。

(2)

・童話裏的故事——灰姑娘式的成功故事。如李瓦李頓「馬屈夫」

(3)

主角經一番挫折，終於好轉。

・如「警世通言」中的「鈍秀才一朝交泰」。

(4)

兩個故事交錯發展。

・如馬克吐溫著，王子與乞丐。

(5)

最常見的表現法：父親→兒子遊歷，經若干人生閱歷→最後作法仍似父親。

・如康洛夫的「皇冠」。

(6)

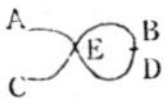

‧如「雪拉斯‧麥納」。

(7)上型之擴大：

‧如司馬中原的「荒原」。

(8)

‧如唐吉訶德‧西克威克外傳，西遊記。

第十一講 中國古典小說之特色及代表作

壹、特色

㈠內容的公式化

1.言情 不外才子佳人，男才高八斗，女美若天仙，一見傾心，再見私訂終身，再加箋帕和詩、丫鬟傳情。中必有父母作梗，或另有惡俗少年、官宦人家偷情撮合，末以大團圓終了。其間人物、情節、穿插文字（如和詩）皆大同小異。

2.武俠 幾個俠客結義，幾個歹徒聚合，時而二俠因細故誤會衝突，時而反派人物翻然感悟，轉爲義士。最後奸宄之徒滅，而忠義之道張，再加一封侯賞爵之結尾。

當然凡大家之作必有出類拔萃之創造。如：紅樓夢、儒林外史、水滸傳。

㈡由於章回型式故在情節上多所遷就

章回小說原由宋元說書人話本（以講史爲主）轉變而來，所以每節之末必懸高潮，或保留情節之懸宕。高潮懸宕，是長篇小說必備條件，但每回交接之處必作如是安排，便不免流於編湊，不自然，而二流作家遂有捉襟見肘，強撐場面之失，此在儒林外史、官場現形記等，以許多短、中篇貫穿而成，弊病較少；又紅樓夢之人物眾多，作者才情細膩，亦無此病。

㈢敍事與表現技巧變化不足

一般章回小說多平鋪直敍，很少倒述、挿敍，卽偶而用之，亦失之太拙。故一般不是和盤托出，便是依樣葫蘆。（如水滸傳逼上梁山幾成公式）

三國演義在敍述的開合上比較成功，頗能以理馭繁。

㈣由於詩詞駢文的加入，損害小說節奏之完整性

受變文彈詞之影響，以致若干作品中插入大量詩詞、駢文，有泛濫之勢。且小說中用韻文寫景物情境亦不易表達特色和作者風格。

㈤題材欠缺人類意識

如西方之戰爭與和平、約翰克利斯朶夫……等悲天憫人之小說，幾如鳳毛麟角。除了水滸後傳偶有厚實之人道精神外，俠義小說如七俠五義等，對於主角路見不平拔刀相助的行爲，作者很少創出一種全面人格爲其底色。張載之「民胞物與」、王陽明之「我心卽宇宙」哲學，對小說家竟不生影響，亦屬奇事。

㈥章回小說之優勝處，在於作者之個別成就

中國第一流小說之產生在清以前極爲有限。

六朝有筆記體之小說，如干寶之搜神記、劉義慶之世說新語，係小說之雛型，（小小說）。
唐有傳奇小說（包括男女、俠客、神怪、寓言、社會問題）。
宋代話本之後，逐漸成熟，至清代才算眞正成熟。因成熟晚，故第一流小說只二十部左右。

貳、代表作

一、水滸傳

㈠最大成就在人物的刻畫，梁山泊一〇八人，各有形貌。眞正個性突出，刻畫完整的人物約占三分之一。尤以粗線條、半粗線條人物最出色。

註：水滸傳中可資研究之人物：

(1)宋江研究。

(2)武松、魯智深與李逵之比較。

㈡水滸傳除了表現忠義之風（不太正常的）外，也表現官逼民反的時代病。其實一〇八將在梁山泊上之行動多義而不忠。

㈢是一種平魔小說。

二、三國演義

㈠處理事件相當高明，如漢獻帝及其后屢受屈辱，每次不同，且哀怨感人。又如宦官藩鎮交亂之情況，劉表諸子之勾心鬪角，曹魏與司馬氏之不正常關係，均有條理、曲折，處理得很好。

㈡最了不起的是其結構：三國事雜，然其處理優遊有餘，用單線或雙線處理繁雜事件，卽隋唐演義亦不及之。

㈢至於人物、對話則不及水滸。因人物係歷史人物，改造起來不自然！三分虛、七分實，作者自受限制。對話之失係文言文之病。

㈣有野心將各行業人物都寫進去，華佗、彌衡、孔融、左慈，這些人不但個性顯著，且對小說情節有推展作用。

三、西遊記

㈠**反映政治現象**

唐僧——昏君，孫悟空——忠臣，豬八戒——奸臣。

作者完全改變了歷史上的玄奘。

㈡**是一種朝聖小說**

類似西方班揚之天路歷程。

㈢是一種人性的象徵

把人性的各個成分分解爲小說人物，整部小說係一個人成長的過程，歷受外在考驗與內在矛盾，獲取經驗後乃得成熟。

唐僧——意志

孫悟空——智慧

豬八戒——情欲

沙和尙——常識

㈣與唐吉訶德之比較

孫悟空可與之相比，但較吉訶德明智。

四、三言

警世通言四十篇，喻世明言四十篇，醒世恆言四十篇（馮夢龍編寫）。中一半以上係前人所寫（多元、明），經其刪改、潤色。故謂其「編著」。

馮氏以爲小說可爲六經國史之輔（在此以前已有袁宏道、李贄道之。）

綜合討論：

㈠布局相當有分寸：如李玉英獄中訟寃，除了開始有一段泛論後母之種種狀況太長外，其餘皆曲折緊湊。

之。

㈡人物個性較稀薄，重類型：具有新古典主義小說之特徵，藉故事表現倫理、道德，欲讀者接受

例外：賣油郎、灌園叟，除類型性外，亦有相當突出之個性。

㈢多收入俚語俗話，有畫龍點睛之效。

㈣處處反映民間風俗，以宋、元、明居多，包括婚嫁、交遊、節慶、宗教等——有社會史價值。

㈤信佛崇道亦敬儒：

⑴作者不止一人。

⑵一篇中有三教和合之觀點；但重道者居多。故常表現命運弄人，善有善報，惡有惡報之迷信色彩。

㈥穿插詩句多重覆：如「寧爲太平犬，莫作亂離人」即出現多次。

㈦人物善惡分明，是非了然：乃新古典主義另一特徵。

㈧缺點：機械化、說教化。不過情節合情合理：此乃消極之長處。有些看來荒唐，然意義深刻；神怪小說不佳，只占少數。

㈨特殊事件寫得出色：如李玉英獄中訴冤；李雄死後焦氏爲買棺，過程描寫極出色。賣油郎第一次接近花魁女寫得十分細膩。

㈩巧合多：是一缺點，太多即不眞。

㈩㈠文字不尙簡淨，但贅筆不多。

(十二)正文前常有小小的楔子（約一半）——「得勝頭廻」，包括一—四故事，亦有泛論某種狀態或道理者，往往使讀者產生情緒的激發力。

(十三)寫歷史人物之題材多半眞半假（比三國多虛構）。如：王安石三難蘇學士，李謫仙醉草嚇蠻書，蘇小妹三難秦少游。海陵王、隋煬帝，寫得不好，過份渲染其荒淫事跡，通俗而近於猥褻。

(十四)神怪小說成功的少：警世通言末篇：「旌陽宮鐵樹鎭妖」最冗長無味。

(十五)三部中，醒世恆言價值最高，其中作品百分之八十是成熟的。

五、二　拍

凌濛初編著，包括拍案驚奇初刻本，拍案驚奇二刻本。娛樂性高，色情較多，不完全是新古典主義之作品，有不少浪漫主義之作。

六、水滸後傳（陳忱）

(一)陳忱親見明末政治之腐敗，及滿淸入關之高壓政策，這二點造成水滸後傳之創作動機。借此小說建立心靈上之烏托邦，借原水滸傳之背景、人物，加上定海記（虬髯客傳）的故事，以燕靑、樂和爲重心，創造了政治上近乎完美的人物。他們均是有擔當、有才能，且有幽默感的人。李俊在海外開闢淨土，但不爲功名富貴，燕青「知己君臣難拂袖，且酣煙月五湖中。」人生觀包含儒道二者。（與范蠡同）「可以進則進，可以退則退。」可以仕則仕，可以隱則隱。——表現儒家人生觀。

㈡藉人物之對話表現對梁山泊之關聯與懷念：

徐晟（寧之子），呼延鈺（灼之子）有一段對話追憶梁山泊之童年，另一段描寫燕青一干人碰到蔡京等被押解於途。

㈢寫景也非常成功。以寫景來調劑小說的節奏：

戴宗、楊林，在打破滄州後，住在道觀中，以出外打酒時所見風景的描寫，使原來緊張之氣氛緩和下來。曹雪芹寫景太豐賦，施耐庵很少寫景，水滸後傳則適得其中。

㈣描寫人物相當生動，例如武松說：「心死如灰，口還活動。」——超脫功名富貴，但對生命仍有熱情；

‧「猛虎避了牠，張都監這干人還放他不過，」——「苛政猛於虎」。

‧「凡人只要打掃一片心地，乾乾淨淨的，就是強盜將來也有好處。」——替梁山人開脫。

其結構幾乎可以比美三國演義。

七、聊齋誌異（蒲松齡）

其題材包括：

㈠愛情：

・經過奮鬪而成功之愛情故事（阿繡、白秋練）

・經過誤會而和解之愛情故事（王桂庵）

・身分低的女人也有眞愛（細侯）

㈡家庭問題：以夫妻爲中心（江城、二商）

㈢貪官暴政：（席方平、商三官）

・借神仙來諷刺勢利人物（翬仙）

・愈醜愈貴（羅刹海市）

㈣寫動物之善解人意：（蛇人、八大王）

・「民胞物與」

・人不如獸

㈤刻畫科舉問題：如書痴、織成。「三生」主角考場中倒楣，作詩詠考試之苦及考場弊端，此類內容分量最多。

㈥人間趣事：如黃英、陸押官、白蓮敎、鳥語。

㈦對僞君子或僞英雄的諷刺：佟官、司札吏、畫皮。

㈧刻畫高誼（義氣）：田七郎、仇大娘、崔猛。

㈨人生如夢：續黃粱、道士。

(十)因果輪廻：魯公女、雷曹。

(土)小小說：篇幅短，主題曖昧。(小官人、放蝶)

(主)反淸：林四娘、公孫九娘。

技巧亦高明，變化多端。爲古典小說中最佳短篇集。

八、儒林外史(吳敬梓)

是一傑出的諷刺小說，其主題在：人的自由生活、獨立的人格及平等的風範。可以杜少卿與其妻相處之情形爲範。

虞育德、馬純上、莊尚志，也是作者心目中近乎完美的人。虞、莊二人尤然。亦有一些半好半壞之人，隨世浮沉之人，及儒林中之敗類，多半與科舉有關。作者甚至說只有無耳、眼……心、肺之人才可上榜。

以王冕始，末又引出王太、季遐年、蓋寬、荊元、四人。他們喜過自由自在、自力更生的生活。

本書以短篇、中篇小說連綴而成，不似西方的長篇小說。

其缺點：

(一)不擅於寫景。

(二)三十九回祭泰伯祠祭典之過程枯燥乏味，本爲提倡敬慕先賢之美德，但因處理瑣細而失敗。

(三)後半寫半儒半俠的蕭雲山很失敗。

(四)嚴監生雖吝嗇但富情感，後段之描寫有矛盾之處。

印度文學中有葡萄藤式之小說（蟹串式）儒林外史卽爲此型。把社會中之人物（男性）幾乎刻畫殆盡。

儒林外史、紅樓夢、水滸傳中之人物，幾已包括中國傳統社會中之所有人物。

九、野叟曝言（夏敬渠）

書中主角文白是文武全才（詩書禮樂醫算兵）書中表現七情六欲，篇幅很長，人物刻畫不夠生動，野心太大，往往不能面面俱到，且有吊書袋之嫌。

現代人以爲本書男主角是性變態。

此書可稱「百科全書式的小說」，想包羅的太多；故大而無當。

十、紅樓夢（曹雪芹）

(一)寫女性寫得如許透徹，在世界上堪稱數一數二。巴爾扎克「人間喜劇」（合九十七部小說）中之女性差可比之。

(二)把儒、道、佛之人生觀、世界觀置於一書。

(三)對自然抱藝術欣賞態度，卽具天人合一之看法。

註：後四十回不出於同一人手，有些線索未交代，但大致還算緊密。

十一、鏡花緣（李汝珍）

後半過分賣弄學問，破壞小說之完整性與可讀性。其中具有男女平等的想法。前半很像格列佛遊記，大半諷刺人間社會的問題。

㈠以寓言小說方式來諷刺社會。

㈡以武則天來鼓吹男女平等。

十二、官場現形記（李寶嘉）

此書內容聳人聽聞，但醞釀不足。李寶嘉另有文明小史，寫中西接觸之問題。

十三、二十年目睹之怪現狀（吳沃堯）

㈠題材廣泛。

㈡所寫的時間長，較細膩且成功。

㈢有主角九死一生收攬整個小說之線索。

吳沃堯主張小說革命，以小說來改革社會。另著有「九命奇寃」，胡適以爲是中國第一部偵探小說。還有「恨海」。

十四、老殘遊記（劉鶚）

最標準知識分子寫的小說，有憂國憂民之思。但以理性和情致來打動讀者，對社會有冷靜之分析，既是遊記，又是小說。

對酷吏著力描寫及批判，以閒情逸致調劑殘酷之現實。

十五、孽海花（曾樸：舊小說過度到新小說之代表人物。）

亦爲章回小說，但筆調較新；其另一書「魯男子」則是新小說形式。孽海花以賽金花爲線索，寫晚清三十年之變化，以價值來說，超過「官場現形記」。

張鴻之「續孽海花」遠不及前者。

另外，金瓶梅、醒世姻緣傳、兒女英雄傳、三寶太監下西洋演義、七俠五義、隋史遺文較重要。前三者藝術價值較高，金瓶梅是寫實小說，反映明朝的社會現象，有的地方很沉悶。醒世姻緣傳是半方言小說（山東話），寫社會、家庭問題，思想方面是因果報應。

第十二講　西洋傳統小說的流派

壹、古典主義（Classicism）

㈠模仿古代希臘羅馬文學，要求追求接近古人作品的境界，是西洋自文藝復興到十八世紀的文學主流，十七世紀最甚。classic在不同的時代指不同的文學，羅馬時代 classic 是希臘作品，在文藝復興時指羅馬、希臘文學，尤重羅馬，十八世紀以後，法國十七世紀的文學亦被當作模仿對象。

㈡注重形式技巧。

注意匀整、統一、明晰三原則，且在希臘羅馬作品中找規則。

㈢文字講究華麗。

委婉、含蓄、文雅是修辭必要條件，古希臘時代卽重修辭學。

㈣內容上喜說理載道，情感屬次要。

古典主義爲靜態，浪漫主義爲動態的。朱光潛云：一如「低眉觀音」，一如「怒目金剛」。

文藝復興時代，薄伽丘「十日談」寫七女三男在別墅中躲避瘟疫而說的故事，包括競技、讀書、戀愛等。

情調上有感傷的、詼諧的、汚穢淫逸的、表現高貴精神的、諷刺僧侶的（最多）、譏笑富人和貴婦的，應有盡有，每一故事與下一故事多少有銜接關係。

十七、八世紀的古典主義大本營是法國，批評權威包瓦洛（Boileau 1636-1711年）爲主倡人；伏爾泰（Voltaire）爲大作家，代表作有：憨第德、查德熙傳。

貳、浪漫主義（Romanticism）

對古典主義的一種反動，隨民主資產社會而起的一種文藝運動，十八世紀末英、德已有浪漫主義先聲，法國大革命後，十九世紀三十年代，浪漫主義才以固定的形式，橫厲無前的聲勢，衝激歐洲文壇。

古典主義與浪漫主義的比較：

㈠古典主義是因襲的保守的，浪漫主義則尊重自由，打破束縛人的規則，反對模仿。

㈡古典主義重文字雕琢，重視技巧，內容或不免空洞而不切實。浪漫主義注重內容，打破形式的桎梏。

㈢古典：冷靜、理智。
浪漫：情熱、理想。

㈣古典：注重原則。

　浪漫：發揮高度想像力。

浪漫主義成熟後，又增二大特色：

㈠自我主義的個性解放。

㈡避免平凡，力求偉大與瑰麗，喜歡表現異國情調。（古典主義常用古代神話傳說爲題材。）

重要作家

盧騷（J. J. Rousseau）首先反抗古典主義與合理主義，寫了愛彌兒和懺悔錄，愛彌兒注重人與自然的關係，歸向大自然。

在文學範圍內更有代表性的，是十八世紀末，由德國狂飆突起運動（Sturm und Drang），發起於批評家海爾德（J. G. Herder），成立狂飆社，名稱由克林格（Klinger）的一劇本而來。主張用自由奔放的文體，來寫獨創的、豪邁的情緒與思想。再加上盧騷思想的傳入，進而謀求社會平等，發出革命的呼聲，他們當中有幾位均遭現實的折磨，如萊恩茲（Lenz）被流放死於莫斯科，舒巴特（Schubart）也被監禁十年。歌德（J. W. Goethe）的葛玆根布列欽根（Gotz von Berliching-en）是一七七〇年出版的，此即狂飆運動之始。浮士德第一卷亦完成於此時（一七七三－一七七五年）。少年維持的煩惱較消極，但仍不失爲浪漫主義代表作之一。

與歌德同時代之席勒（F. Schiller）亦是同一運動代表人，代表作海盜。少年德意志派繼起，以詩人海湼(H. Heine)爲代表。

(以文學史地位言:歌德似杜甫,席勒似李白,海湼似王維。)

英狄孚的「魯濱遜漂流記」是浪漫主義先聲,一七一九年寫成,魯濱遜奮鬪的對象是自然力,不似古典主義中對象是巨人妖怪,一七四〇年李査遜(S. Richardson)以女用人爲主角,寫成帕米拉(Pamela),是信札體小說,以赤裸裸的愛爲主題,且人物也不限於上流社會的貴族,也是反古典的驚人作品,兩年以後費爾亭的 Joseph Andreews(約瑟安德路傳)是想和帕米拉唱對台戲,主角是帕米拉的兄弟,同樣受誘惑而不動心,男僕也成爲主角,可見浪漫主義漸成風潮。此外詩人考伯(W. Cowper)勃恩斯(R. Burns)布拉克(William Blake)也都寫通俗平民化的題材,如爲流浪者、幻想式的神鬼寫詩。另如拜倫、雪萊、濟慈:雪萊說他的生命有二大目標:自由、美。在英國正式的浪漫運動,是由華玆華士、柯立芝、塞然(R. Southey)三人所倡,他們反對新古典主義的若干敎條,創立新的健全白話詩體,恢復中古時代的俠義題材。

法國的雨果是一八三〇年文壇新領袖,他的戲劇歐那尼(Hernani)首度上演,便成浪漫主義運動的一件大事。戲院中三百個座位被雨果的信徒包下,在附近利復呂街張貼「雨果萬歲」的標語,反對派把對話斷章取義的編成鬧劇,在上演前大肆傳播。雨果的信徒哥底葉在演出時,穿紅背心,招搖鼓噪,古典派噓叫,在包廂中背對舞台,台上台下對打的結果,浪漫派獲勝。歐那尼是天才,也是青年偶像,他的天才使他成爲一羣不法之徒的領袖。他勇敢寬大,不惜自我犧牲,充滿反抗意識和活力,這正是雨果的自我寫照。雨果的父親是軍官,封伯爵,祖父是木匠。他原來是古典主義者,曾說

「我從來不明白古典主義的藝術與浪漫主義的藝術有什麼差別，莎士比亞和席勒的作品比起高乃依、拉辛來，不過是莎士比亞和席勒多些毛病罷了。」

一八二七年改變方向：

「克倫威爾」（歷史劇）序云：「時候已經到了，自由的光明喚起一切思想，使我在哲理詩歌及其他法則上，要敲下那致命的一錘。」

他的小說有：巴黎聖母院、悲慘世界、雙雄義死錄等。另有大仲馬（A. Dumas）、繆塞（A. de Musset）（詩人）喬治桑、巴爾札克、批評家聖伯甫。

巴爾札克把新的支配階級（錢）當作他史詩中的英雄。合爲人間喜劇，共九十七部，爲十九世紀法國社會的全景圖。

哥底葉（幫助雨果宣傳者）主張爲藝術而藝術，藝術遠離愛國、道德、功利……。他說：「一隻威武斑爛的老虎，跟一個人比起來，是更美麗的動物。但人用老虎皮製成一套衣服，穿上居然比老虎更美，那我就要讚美人了。同樣的，一個都市使我感興趣，只因爲都市中有雄偉美麗的建築物。」

由此可知：哥底葉介乎浪漫與唯美間，是浪漫主義之旁支。

休姆（T. E. Hulme）云：「浪漫主義視人爲一口井，充滿了可能性；古典主義視人爲一吊桶，是非常有限的，恆常的生物的觀點。」

叁、寫實主義（Realism）、自然主義（Naturalism）

特點：求眞、求美而不盡顧善。

一八五六年雨果因政治關係流亡在外，但福樓拜（G. Flaubert）的包法利夫人出版，引起了巨大的驚駭，一般人以爲其寫法是記賬式的，內容又是醜惡的（有夫之婦貪求肉欲與人通姦，最後自殺），非常不優雅，於是官府也出而干涉，鬧成一次訴訟，大家視之爲黃色小說。

福樓拜是眞正寫實主義之領袖。由於係外科醫師之子，常見解剖、屍體，故對人生之客觀事實面較有興趣，對其寫作有重大影響。

他說：「寫作最重要的是找到適切的字。」又云：「世上沒有兩粒砂，兩隻蒼蠅、兩隻手、兩個鼻子是完全一樣的。」

少壯派批評家泰納（Taine）在「十九世紀法國思想」中說：「雨果和拉馬丁（Lamartine）已成爲古人，這時代（浪漫時代）已不存在了」，他的朋友沙爾珊（Sarcey）附和之：「前進啊，朋友們，打倒浪漫派！」

小仲馬一八二四年生，亦反對父輩，和福樓拜（一八二一生）共同提倡五點：

(1)冷靜客觀的文風。努力克制主觀情感，但又和古典主義談哲理、吊書袋不同。

(2)反對理想化，力求人生之眞實相。

(3)注重觀察，力求分析：

福樓拜的「包法利夫人」「情感教育」均然，甚至歷史小說「薩朗波」亦用同一手法。——在現實中找模特兒。

(4)不像浪漫主義熱愛人生——對人生無所關心，不介入，不參與。（實則並非眞正不介入。他曾說：「包法利夫人就是我」）。

(5)注重自然美，諧和的美，以及精鍊。

格蘭特（D. Grant）把寫實主義分爲兩種：(1)良心寫實主義(2)意識寫實主義：

(1)形式愈低劣，思想愈有力，同時願從詩人與哲學家的愚昧中，把藝術解放出來。（狹義的）

(2)內在意識流的寫照才是唯一的寫實方法：「主觀的經驗才是眞正客觀的經驗」。此乃廣義的一類——意識流寫作。

自然主義是寫實主義更進一步，卽寫實主義之強烈化。把現代科學方法應用於文藝上，左拉爲自然主義之領袖，寫作晚於包法利夫人問世十年，其主張見於小說「德萊司拉昆」（一八六七年）序文中。一八七○年才有正式的自然主義團體，其中包括都德、龔古爾、屠格涅夫、福樓拜、莫泊桑。左拉有自然主義論文數篇：「實驗的小說」「自然主義的小說家」（一八八○—一八八一年）。代表作：盧貢馬諾爾叢書，包括幾十部小說，費了二十二年才完成，自云：它是「一棵遺傳的樹。」

其中寫的是一個精神病女子與酒鬼之後代。

有人說，寫實主義超然中立，自然主義者則加上一套自己的人類觀。證之左拉，不可謂空穴來風。

一八五二年拿破崙第三去世，王朝中斷，第二共和開始，左拉小說的背景即此時代，犯罪、性欲爲其主要事件，——左拉專門從事獸性之發掘——代表作酒店（一八七七年）娜娜（一八八〇年）。酒店中主角的女兒，就是娜娜的女主角，從小放蕩。有一天戲院經理把她捧成名伶，她的肉體引誘了不少上流人，爲其犧牲金錢、名譽、性命，但她仍負債不已，終得惡疾，孤獨窮困而死。左拉寫其死前一段淒慘生活與前面紙醉金迷之生活成強烈對照，結構相當完美。寫賽馬及吃飯，都可寫成千上萬字，而且很出色。

自然主義的特點（由左拉作品歸納而出）：

(1)由歸納人間紀錄得科學結論，作爲題材，他說：文藝作品先由實驗，經分析與歸納，而後創作。

(2)機械的人生觀：盧貢馬諾爾叢書中的人物，都受遺傳之左右，那怕大臣亦和酒鬼一樣，他們的人格在罪惡中發展。

(3)對社會問題之重視：無論怎樣奮鬪，一切徒然，一切問題沒法解決。如「礦工」中之罷工工人終於屈服，繼續受奴役。潑來桑的爭奪，主教莫萊的破戒，一頁戀愛，娜娜，作品，土地，夢……等，都有自殺、謀殺的情節。「礦工」中有人打死了幾名工人，亦屬謀殺。可見他對世界相當悲觀。

(4)充滿肉欲與病態的描寫，只有「作品」、「夢」沒有肉欲人生。一般說來，筆下人物沒有精神生活可言，心理生理皆有病態；對瘋狂等加以病理的觀察。只有「作品」「夢」不屬純自然主義作品。此外「生活是多麼愉快啊」女主角寶林奎娜、「太子們的樂園」之苔妮絲皆理想、善良之人物。

另一自然主義作家莫泊桑代表作有「女之一生」、「俊友」、「溫泉」、「脂肪球」(成名作)、「項鍊」等。大部分寫人性卑微黑暗之一面。「比死還要強」，「兩兄弟」，「脂肪球」可算例外。

左拉有社會改革家的經驗，莫泊桑則更客觀更純粹，不借重科學歸納。莫泊桑全憑自己體驗，以作者印象爲主，以回憶爲起點寫小說，世稱印象的自然主義者。

英國：哈代（Thomas Hardy）：著有還鄉、黛斯姑娘、玖德等。相信宿命論——人的意志是毫無用處的，甚爲悲觀。

俄國：屠格涅夫（I.S. Turgnev）較不悲觀，著有羅亭（有人比之爲哈夢雷特，坐而言不能起而行）、父與子，前夜、烟、貴族之家、初戀等。岡察洛夫（R. A. Gontcharov）：代表作「懸崖」。

附：中國的張愛玲的半生緣、怨女、秧歌等亦屬自然主義作品。

第十三講　現代小說

一、頹廢派（Décadents）

乃十九世紀末之產物，因受工業社會及大都市的刺激，人們只有追求更大刺激，才能感覺生存的意味，於是造成反自然主義的新潮流。

他們一方面幻慕着性靈的神秘，一方面又強烈追求着肉的快樂。酒色成爲他們的恩物。

尤其在巴黎拉丁區的咖啡室中，更是頹廢派的發源地。

由德國頹廢派的先驅巴爾（Hermann Bahr）之說明可知它的四大特色：

㈠注重情調，是一種神經（直覺）的藝術，而非思想情感之藝術。

㈡注重人工，遠避自然。

㈢渴求神秘，常想表現潛在於事相內之神秘。

㈣追求奇特、異常，憎惡一切平凡陳腐。

其代表人物：

(1)波特萊爾（詩人）

(2)布留索夫（V. Briussov）：

氏乃俄國頹廢派領袖，善描寫感官的瘋狂，肉欲的銷魂，並利用神話、傳說，來創造華格納（Wagner）風（有所象徵的雄渾作風）的詩文。

(3)巴爾蒙特（K. Balmont）：由激情的奔放到纖柔的抒情都表現得淋漓盡致。他說：「我道出了眾神的聲音，也寫出了眾神的沉默。」他對於現實不屑一顧，完全沉溺於自己的幻夢中，是一標準的頹廢派。中國的郁達夫亦屬之。

二、享樂主義（Dilettantism）

近乎頹廢派，趨於肉體及物質之享受，但亦有主張絕對享樂，不帶頹廢色彩的。如日本小說家長井勇、永井荷風。

三、象徵主義（Symbolism）

以詩、戲劇爲重心，小說很少，較重要的只有魏哈爾崙的幾個短篇小說屬之。他們主張表現個人感性和情調，用象喻，喜朦朧，重視音樂性。

四、神秘主義（Mysticism）

接近象徵主義，排斥客觀醜惡之描寫（反自然主義），而回到主觀的夢幻。梅德林克(Maeter-linck）說：作家應注重「超感覺」之境界。在我們的意識界與無意識界間朦朧的潛意識界，才是人生眞義所在。最高的絕對生命是存在於見不到的神秘境界，唯有默悟可企及之。代表作：靑鳥。

代表小說家：赫塞。代表作：流浪者之歌（Siaddhartha）。

五、唯美主義（Estheticism）

一切以美爲重心，甚至不論道德和眞實。

代表人：

英國—王爾德（Oscar Wilde）。

代表作爲「格雷的畫像」「獄中記」。

法國—雷尼那，比那路易

日本—谷崎潤一郎——「食蓼之蟲」

北原白秋

以上五個流派有人倂稱之爲「新浪漫主義」（Neo-Romanticism）。它們比浪漫主義少熱情、欠明朗、少誇誕，也不似浪漫主義表現堅強的意志。往往透過現實而昇華。

嚴格說來，此五種主義只有反對客觀描寫一點是與浪漫主義完全一致的。

英小說家康拉德（Joseph Conrad）原爲波蘭人，代表作「黑暗的心」、「吉姆爵爺」（Lord Jim）也可謂新浪漫主義者，但非上述五種之一。

他反對寫實主義，但仍具有寫實主義的細緻、深刻。

因此，也被稱爲「浪漫的寫實主義者」。

六、新古典主義（Neo-classicism）

十九世紀中葉，德國蓋貝爾（Geibel）海斯（Paul Heyse）組成了明興詩派，以崇拜、效法古典文學爲宗旨。海氏代表作：宇宙之童（Kinder Welt）。

英國的奧斯汀（Jane Austen）：代表作爲「愛瑪」、「傲慢與偏見」。

法國莫利亞士（Jean Moreas）。

比古典主義增加了想像與情緒的成分，並經過科學的洗禮，呈現一種新樣態。

新寫實主義（Neo-Realism）

以主觀的觀察方法從事於一切人與事物的描繪。美國作家以S. Lewis劉易士與S. Anderson安德森爲主，二人同時代，皆二十世紀上半葉小說家，劉易士代表作大街（The Main Street）——

美國第一位得諾貝爾獎之小說家，安德森代表作——小城故事。前者爲一氣呵成之長篇小說，後者可謂由許多相關之短篇小說合成。

他們描寫美國生活中的一切活動，對各種不同氣質、生活方式的人，都有強烈興趣，能把握廣大羣眾的情感與想像，親切而予人身歷其境之感，出之以樸素、幽默的筆調。尤其是安德森，對海明威與福克納影響頗大。

俄：高爾基（Gorki）：代表作「人間」。

德：雷馬克（Remarque）：代表作「凱旋門」。

又，意大利二次大戰後電影：「不設防城市」「單車失竊記」，亦屬此類，筆調力求質樸。

八、新自然主義（Neo-Naturalism）

美小說家巴索斯（John Des Passos）的 U.S.A.（美國）企圖對美國的資本主義、社會生活作一深度的衡量，故有此雅稱。

九、理想主義（Idealism）

指作者以各種虛構的人物與故事來表現個人的社會理想，並諷刺現實。

十、新理想主義（Neo-Idealism）

則以寫實主義爲基礎，來發揮作者之社會理想，較之理想主義親切而富於眞實感。

英威爾斯（H. G. Wells）是「世界史綱」的作者，代表作：莫洛博士島、時間機器（Time Magazine）、在彗星的時代等，甚至托爾斯泰、羅曼羅蘭的小說亦曾被列於此主義內。——「戰爭與和平」、「復活」均對人類命運直接關注，「約翰克利斯朵夫」則對法德二大民族之融合抱極大希望。

十一、德國的表現主義（Expressionism）

從人類愛出發，反對戰爭，咀咒戰爭的殘酷，也有人將表現主義列入新理想主義。

十二、大自然主義（Le Naturisme）

與自然主義不同，讚美自然，也讚美社會，歌頌人生，也歌頌愛情；吟詠工作，也吟詠生命。甚至於頌揚死亡。

認爲一切恆動，一切恆欣欣向榮，是一種文學界的動力學（dynamics）。

一八九七年一月十日聖喬治布哀里埃（法人）在費加勒報發表了大自然主義宣言，但影響不大，不久爲人遺忘。

十三、心理分析派（Psychopathology）

一九〇五年 Freud 佛洛伊特出版了「三篇關於性之本能的論文」就此建立了性本能（Libido）之學說，主倡戀母憎父情意結（Oedipus Complex）及戀父憎母情結（Electra Complex）：以爲男孩對母親、女孩對父親均有天生之戀情。因他過分強調，最後成爲人由未成年至成年，均由性本能控制，引起批評家之異議。

無論如何，佛洛伊特是心理分析派之始祖，影響至目前最大。他曾舉例道：

繆塞：四歲狂戀表妹

拜倫：八歲懂得變愛

但丁：九歲熱戀碧特麗絲。

不過文人、詩人感性敏銳，舉此例不免偏頗。同時主張人由童年到成年的記憶、經驗、欲望，均不自知地納入潛意識，尤其是記憶、經驗——此乃治療心理病人之重點所在。

此中最嚴重者乃性挫折之記憶、經驗，足以對人造成重大損害。從另方面言，這些經驗也有機會昇華爲夢、文學、藝術（好的）或變成精神病、歇斯底里症（壞的）。

容格（C—J. Jung）奧地利人，乃佛洛伊德之弟子，著有「無意識」一書，亦心理分析一大傑作，修正佛氏學說，與佛氏對二十世紀文學藝術同有大影響：

(1)他發明前人所未發之說：「集體無意識」（卽種族記憶）。

(2)減少性本能之過分強調。

佛洛姆（Fromm）等亦曾修正之。

以前（十九世紀末以前）文學主要寫外在事件，人與人之關係，內在乃次要者；發展過久，外在事件題材幾已寫盡，又發現內心之複雜，便以此新題材大寫特寫。內心世界多黑暗複雜，故現代文學多表現人生黑暗面。

例一：英勞倫斯（D. H. Lawrence）著有兒子與情人、查泰萊夫人的情人、白孔雀、虹、戀愛中的女人（Women in Love）、聖馬（St. Mawr），大量運用意識流表現。

聖馬一書中有非常奇特之心理分析，非正常人盡能了解：

(1)現代文明使人失去原始的男子氣概，一對母女由一馬夫到馬到自然大地，追尋此種原始生命力。

(2)一再表現人要歸返大自然。

(3)人類機械化、腐敗化：解放性以對抗之。

例二：喬伊士（James Joyce）著有尤力西斯（Ulysses）。

借用史詩之格局情節，放在一現代愛爾蘭人身上，描寫人類之本能、欲望、記憶……。

主要內容：

(1)人與人間的衝突和溝通不易。

(2)戰爭。

(3)潛意識。

晚年又寫一本「芬尼根之覺醒」（Finnegans Wake）：寫黑夜、睡眠與潛意識，眞正表現了所謂「意識流」（Stream of Consciousness）——此一名詞爲 William James（威廉詹姆士）所發明。

喬伊士的尤力西斯等表現了意識流之漂盪與朦朧，像難解的音樂符號，詹氏解爲內覺。意識流再進一步卽自動文字表現法（半催眠式寫作）。

例三：Virginia Woolf（吳爾芙夫人）：爲英國小說家。其代表作：到燈塔去（To the Lighthouse）。

Henry James（亨利詹姆士）：奉使記。

例四：法國 E. Mauriac（莫瑞亞克）：血與肉、愛與恨。

例五：美國 W. Faulkner（福克納）：喧囂與憤怒（The Sound and the Fury）（一九二九）（Wild Palms）野棕，躺着死去（Lay Dying）（一九三〇），庇護所（Sanctuary）（一九三一），均以意識流方式寫。

例六：Marcel Proust（普魯斯特）：往事回憶錄。

由此可知，心理分析派在小說方面收穫相當大。

十四、未來主義（Futurism）

一九〇九年意大利人Marinetti（馬里奈諦）提倡。主張徹底改變文學主要內容，並鄙棄一切合乎理性的文藝思潮，他說：「文學是一向稱讚沉思的凝寂、坐忘和睡眠的，我們却要頌揚攻擊的運動，狂熱的不眠，體操的步履，危險的跳躍，掌擊和拳打。我們宣稱，世界的光榮是因一種新的美而益加昭顯，那就是速力的美。」「我們高揚對機械的愛。」

此外，Ribemont-Dessaignes（李博曼特薩尼）、T. Dreiser（德萊塞）、Carl Sandbarg（桑德堡）均屬此派。

十五、超現實主義（Surrealism）

法作家布雷頓（Andre Breton）一九一六年所創：

1. 攻擊傳統道德觀、審美觀及政治思想等，
2. 借佛洛伊特學說解決兩性問題的道德束縛，
3. 表現高度的潛意識，打破邏輯的約束——自由馳騁想像力。

一九二四年正式成派。

布氏代表作：諾加（Nadlza），一九二八年。

瘋狂的愛（L. Amonr Four），一九三七年。

另外的代表作家：

捷克卡夫卡（Franz Kafka）

代表作：審　判（der Prozess）

　　　　城　堡（Das Schloss）

　　　　亞美利加（der Amerika）

均寫表面上不可思議的事，看來荒謬，實為作者對二次大戰時納粹等不合理現象之反應。

以現實中看來不可能發生之事寫現實中之困惑、問題、恆久的現象。此與存在主義一部分內容相通。

十六、存在主義（Existentalism）

先驅人物：丹麥祁克果（S. Kierkgaard,——一譯契克迦德）是基督教存在主義者。

馬洛（Malraux）：法人，政治家、作家，曾任法國文化部長。

胡塞爾（Husserl）：現象學。

海德格（Heidegger）：形而上的推理。

雅斯培（K. Jaspers）：主倡以不定為定的生命哲學，既對上帝負責，又持懷疑論。

沙特（J. P. Sartre）：自稱人文主義者，實則為標準無神論者，因此有時不免推論到絕望的地步。

積極意義：承認人之自由意志，對自己負責，言行舉止可自己衡量、抉擇，厭惡對團體及他人之依賴。

以上各家之相同處：生命是荒謬，甚至嚴斥理性是無用之物，傳統哲學家之井然體系、哲學思想，事實上經不起現實衝擊、考驗。

人若失去自由，則可起而團結爭取之。

最高精神所在：精神自由。

另一主張：存在先於本質。現象本身最重要，可以創造，任由人的自由意志安排。

小說家中，最重要者爲卡繆（Albert Camus）：①異鄉人（The Stranger），②墮落（The Fall），③黑死病——瘟疫（The Plague）

文字風格上受海明威影響。

沙特：代表作「嘔吐」，「牆」，不似卡繆有相當完整之結構；二人相比，卡繆作品之感染力較大，而且晚年不承認自己是存在主義者。

十七、想像小說

法國羅斯尼父子（J. H. Rosny Ainet. J. H. Rosny Jenne）描寫史前時代景象及人類生活，均屬二流之作。

馬考蘭（P. Marcoland）之冒險小說，亦可聊備一格。

丁、戲　劇

第十四講　西洋戲劇之發展

壹、悲喜劇之定義

戲劇包括韻文的詩劇及散文劇本。Drama 是由希臘文 Drao 轉變來，原義爲活動（action），故最重要者爲動作。（可以沒有對話）。

最初 Drama 一字不通用，稱劇詩 dramatic poetry ，後加入對白、動作，才成爲獨立之形式。

Hudson（赫德遜）說：「我們要記住，戲劇並不是純粹的文學，它是一種混合的藝術。在其中，文學的要素和舞台的裝置，俳優的表演是緊緊連在一起的。」

F. Gummerel（甘彌爾）說：「戲劇是由行爲（action）和人物（characters）二大要素所完成的，優秀的戲劇便是能巧妙地把二者調和起來。」

原始時代舞蹈、詩歌、音樂原是合而爲一的。戲劇由他們的孕育中成長，吸收了其中特點和要素，組成綜合的藝術。表面看來它的內容及形式之完成遠較其他藝術爲速。原始戲劇只是生產勞動的模擬，此後運用勞動或戰爭中所發的自然節奏而形成歌舞，在歌舞中編織神話故事，作爲紀念節日之表演，於是便成爲宗教儀式的重要節目。如西元前六世紀雅典人祭祀戴奥尼蘇士的紀念節，所表演的化裝歌舞，已類似戲劇的型式，歌唱隊長登上高梯，演講戴氏漫遊和奇遇的故事，合唱團便隨時跟着指揮插入各種讚美詩的歌唱。起先只有一個演員在場，接着，再由合唱團中產生一個演員，登台去和歌唱隊長開始對話或輪唱，這就是戲劇的原始型式。

希臘三大悲劇家：(1)Aeschylus（伊斯奇勒士），(2)Sophocles（莎福克利士），(3)Euripides（尤利匹迪士）。一位喜劇家：Aristophanes（亞利斯多芬）。此四人合力創造了悲劇和喜劇之典型，並把戲劇由敬神和神化之階段推展到人的現實生活中去。

(1)伊氏之代表作：普洛米修士的幽囚。

普氏教人用火、勞動，賦予人們智慧，使人由一般動物中分離出來，宙斯神却給他殘酷的懲罰，鎖在高加索山上，讓老鷹啄其心肝。

(2)莎氏之代表作：①奥廸帕斯王，②奥廸帕斯在科隆那。敍述奥廸帕斯殺父娶母，發現眞象後，挖眼贖罪，二子仍在爭奪王位之過程中同歸於盡，天神安排好使其家破人亡——表現盲目的命運的威力是人所不能抗拒的。

其中歌唱隊除了回憶、預言、評論（建議、責難——如亞里斯多芬「雲」中之責難觀衆）外，還和女主角之一的嬌卡斯達一起規勸奧廸帕斯。（按：至莎氏劇中合唱隊方有此雙重身分。）

(3)尤氏之代表作：美蒂亞。

對人之情感有很精細的分析，由神話中選取人物，選出人物後，往往賦予人之傾向與情感。

(4)亞氏——古喜劇之王。

「和平」一劇寫一農夫爲求雅典、斯巴達早日和平，騎甲蟲升空去找和平女神。

以一個愚蠢老人之典型來冷潮當時民主政治家德謨斯特尼和民主政治，寫成「騎者」。

「雲」則諷刺一般敎師和哲學家。

亞氏甚至不惜褻瀆神祇。最極端之例子：敢把宙斯神影射爲竊賊和騙子。（此亦非無中生有）當時女角均由男人扮演，且往往一人兼扮數角色，由於：①演員不夠，②表現演技之高明。亞氏之劇亦不例外。

(一)蘇格拉底曾以爲「喜劇和悲劇本質相同，悲劇作家亦必然是喜劇作家」——其主張可能是柏拉圖所云。

(二)但亞里斯多德曾對悲喜劇作一淸晰之分辨：

詩學第三章：

「悲劇表現優於常人之人生，喜劇表現劣於常人之人生。」

（介乎二者之間的便是通俗劇。）

㈢到文藝復興時，大都以形式來界定二者：悲劇以順境開場，而以逆境或慘局作結。喜劇以逆境開場，而以順境的團圓終結。（此與希臘時代不同）

同時，悲劇之言辭必須典雅、莊嚴。喜劇之言辭不妨俚俗淺顯。（與希臘時代相同）

但丁致友人云：「喜劇源於村歌，與其他詩形式不同，它與悲劇在風格、取材上亦完全不同；悲劇是先美滿而後悲慘，喜劇則正相反。本詩劇開篇寫慘戾的地獄，故恐怖陰森。結尾乃天堂景象，故完美悅人，且文辭俚俗淺顯，故名爲神的喜劇。」

㈣實則此說法有不少例外。John Milton（米爾頓）著「復樂園」（Paradise Regained），其中寫雅典的智慧，曾爲悲劇下定義：

(1)悲劇是以宿命和偶然的死生流轉爲對象，喜劇則往往反映一般人生。

(2)同時，悲劇情感可包涵了解、悲憫、傾慕、警覺、警兆、畏懼、驚愕、恐怖八種情感。

(3)悲劇人物是較善的，莊嚴的，獨特的，喜劇人物則較一般人爲「惡」（以其性格爲標準——凡尊貴的則善，卑微的則惡。）是凡庸瑣屑的、類型的。

莫里哀的「守財奴」中的哈巴公（Harpagon）便是一切守財奴的代表，「憤世者」中之主角亦爲典型。

㈤最後一個分別是：悲劇人物引起認同或同情，令人自己設想爲劇中人，喜劇則在引起觀衆的游離或超然，而自覺高人一等。

貳、喜劇的分類

要求一種心的痲木（anesthesia of heart）不可投入太深，要局部的超然。

1.情境的喜劇（Comedy of Situation）　把人物放入特殊的環境中，產生可笑的結果。鬧劇：接近前者，以滑稽、意外、巧合爲主，一個角色說出有意義的話，就可以解決整個行動。有一顯著缺點：牽強。

2.人物的喜劇（Comedy of Characters）　由主角的癖性發展而來，莫里哀擅此，如「守財奴」。

3.浪漫喜劇（Romantic comedy）　接近前者。其效果由使用種種可笑的計策和隨之而起的誤解而來，喧鬧吵嘈的行爲則由次要情節和次要角色充任，此點與人物喜劇相反。

如莎士比亞「第十二夜」。

4.思想的喜劇（Comedy of Ideas）　專寫對一種概念或思想方式所引起的衝突，如蕭伯納「人與超人」、「魔鬼的門徒」。

5.儀態的喜劇（Comedy of Manners）　接近前者，探究一味順應成規，不惜犧牲正當欲求與反應的行爲之不當。

（有時單指以貴族、深於世故者爲主之劇本而言，又稱 Comedy of Wit，爲狹義的）。

6. 社會喜劇（Social Comedy） 屬於思想劇之一種。專門探究社會的價值和行爲標準，規正社會風習與行爲法則之社會喜劇，可稱修正喜劇（Corrective Comedy）。

叁、通俗劇

介乎悲劇、喜劇之間的悲喜劇：Trigicomedy 十九世紀始叫「通俗劇」（melodrama），只是名稱不同。由它以嚴肅來刻畫人生這點看是近乎悲劇的；但它的嚴肅性是短暫的。而由它獲得和平解決這點來看又是近乎喜劇的。又有人稱之調和劇（Reconciling Drama）或感傷劇（Sentimental drama）（善人受挫折，最後得到補償，惡人受罰後變好，都是非常理想化的）。

肆、三一律（Three Unities）

有人將之遠推至亞氏「詩學」及 Horace（何瑞斯）「詩的藝術」，事實上是十七世紀法國的 Chapelein（夏蒲蘭）正式提出的，當時宮廷詩人 Boileau（波依羅）繼續鼓吹，因此成爲當時劇作家公認的法則，風行一時。

•波依羅「詩的藝術」云：「只有在一地點，只有在一天中，只有一件事件在進行，這才是遵從理性法則的戲劇。」

包含三要點：

(1)時間的統一——限於一晝夜內。

(2)地點的統一——始終在一場面內進行。

(3)行爲的統一——也叫結構的統一，人物的行爲應採取迅速和必然的途徑，不要枝節的發展。

十八世紀德人 Lessing 萊辛引用莎士比亞的戲劇方法，就是要破壞三一律，只做不說。雨果的歷史劇「克倫威爾」自序中，則就理論上反對三一律，再加上「歐那尼」所帶來的成功，三一律便有所不足了。

但到了現代大戲劇家 H. Ibsen（易卜生）卻重新提倡它，也許是爲了阻止戲劇小說化、電影化的趨勢。

三一律的優點是明確、單純、集中、有秩序感。缺點：過於刻板，未必適合各種題材的需要，往往有削足適履之苦。像法國的Corneille（高乃伊）便已意識到這種弊病，卻無勇氣反抗。

伍、「五階段」說 (Five Divisions)

發軔自「文藝復興時代」，也就是五幕劇的主張比三幕四幕之主張更得勢時。

十六世紀義人吉拉爾第再加以提倡。

十九世紀G. Fraytag（富萊塔克）再加以修正，才成定說。

五階段：

1. 發端（Exposition） 又叫序說、原因。
2. 發展（Development） 又叫「行動的生長」或「錯雜」，漸趨高潮。
3. 高潮（Climax） 或叫「危機」（轉壞或轉好的關鍵）「轉捩點」：在此階段，對立的兩勢力，一方已佔優勢，事情趨向解決。
4. 下降（Fall） 又叫「定局」：由高潮急降，事情更接近解決。
5. 結束（Close） 大團圓（Denouncement）：把很多事件解決了（不論好壞）。

固然五階段說爲配合五幕劇設立，然三、四幕劇亦可適用。如1（1）2（2.3）3（4.5）或1（1.2）2（3）3（4.5）。除了獨幕及現代劇外，一般均循此五階段。

陸、各國喜劇、悲劇家

十六世紀義大利盛行卽興喜劇——由演員在觀眾面前臨場表演，相機說話，劇本只有一大綱，包括劇情之梗概和表演之註脚，謂之幕表(Scenario)，演員便按幕表隨靈感說話，如果一次表演中，某個演員說了十分巧妙的話，便記下來，留給下次表演時用，經過許多次排演後，便漸成定本，現代劇亦有採此方式者，故曰「編劇」不叫「寫劇」（不只一人也）——先有結構舞台設計等，再加入對話。

㈠十七世紀西班牙出現二位大喜劇家：

一位係國民劇創始者韋加（Lope Felix de Vega），一位是卡爾特龍（Calderon）。

韋加寫了一千多個劇本，多產，題材廣泛，思慮周密，結構精巧，其作品爲後代劇家之典範。

卡氏亦有二百多劇本，多半譏諷政府和教會之腐敗及社會之僞善。法國文學受西班牙影響，且謹守希臘拉丁之典範，融入他們自己特具的氣質和優美的語言，其中尤其莫里哀爲劃時代作家，擺脫傳統之約束，專諷刺貴族、僧侶、僞善者，如「女學究」揶揄婦人縱欲及自私，「向貴人看齊」諷刺妄自尊大者，「戀愛的醫生」、「輕佻女郎」、「夫人學校」等都是詼諧中有諷刺。（J. B. Racine）拉辛，其著名劇本「亞德麗」被伏爾泰譽爲「所有劇本中最完美的偉大作品」，他們是古典派劇作家。

㈡英國時值伊莉莎白時代：

⑴馬洛（C. Marlowe）：首創無韻詩（Blank Verse），並用於劇本中的台詞上，有「浮士德博士」、「馬爾泰的猶太人」、「愛德華二世」等等，他有「英國悲劇之父」的美譽。

⑵莎士比亞（William Shakespeare 1564-1616年）：最著名之四大悲劇：哈姆雷特（Hamlet）、馬克白（Macbeth）、李爾王（King Lear）、凱撒大帝（Julius Caesar）。重要喜劇：如願（As you Like It）第十二夜（Twelfth Night）威尼斯商人（The Merchant of Venice）。最流行的悲劇：羅蜜歐與茱麗葉（Romeo and Juliet）。與其同時之詩劇家班江生譽之爲「他不只是一個時代的，而是一切時代的人。」任何題材、人物、時代、生活，都可進入其劇中。想像力不斷，

思緒源源不絕，悲喜劇兼擅，人物個性宛然不同。且寫了很多「歷史劇」，往往能對歷史人物再創造。

(3)班江生（Benjamin Jonson）：著有悲、喜劇十八部，假面劇、穿插劇等五十多種，其代表作有「卡特林」（Catiline）等，當時聲譽在莎翁之上。

(三)十八世紀重要戲劇家：

(1)哥德：（其作品多以人名命名）：著有蓋志、愛格蒙特、依菲琴尼亞、泰莎、浮士德。意大利美學家克羅齊云：「他不像道德家以理想和訓戒，而直接以他自身的生活來教誨我們：他所教的，是眞純的、人間姿態的人間生活。」

(2)席勒：長於發揚時代精神、自由思想。著有海盜、非斯柯、陰謀與戀愛、瓦倫斯坦、威廉泰爾。

(四)十九世紀法國劇作家最多：

(1)小仲馬（Alexandra Dumas）：是大仲馬的私生子。著有茶花女（小說改編成戲劇，轟動一時）、花街柳巷、狄亞娜、雲娘、陌生客、私生子、蕩父（寫父親應對私生子負責任）。他如：婦人的男友、結婚的訪問，都代表一種道德的呼聲，其中以思想作主幹。他並不討好或迎合觀眾，但他的意念並非遠超出一般人可接受的範圍，受到自由思想者之廣大擁護，一般人把它當作「浪漫的自由派劇場的代表」。

(五)一九－二十世紀：

易卜生（Henrik Ibsen 1828-1906年）：對現代戲劇影響很大，有「現代戲劇之父」的美譽。生於挪威漁村，二十二歲被丹麥獨立戰爭所激發，而寫了「卡廸里那」：「我們企圖復仇！因爲我們的一切幻想，一切希望，以至於一切生活，全被破壞了。」至此抨擊一切不合理的社會制度及人生態度，成爲其終身職志。他所關心的是，如何使社會所主張的「自我否定」與個人的「自我實現」相調和，如何使社會本身得以安定。（只是關心，實則沒有辦法解決）。

他創造了問題劇：寫實的、自然主義的，又可謂理想主義的（在寫實中加入自己理想）。

代表作：建築師。

可分四期：

(1)一八六六年以前：浪漫期。著有愛的喜劇。

(2)一八六六—一八七六年：轉變期。著有少年同盟、白朗德、羣鬼、國民公敵（對羣衆盲從深惡痛絕，此中名言：「少數人永遠是對的。」）

(3)一八七七—一八八六年：寫實期著有玩偶家庭（娜拉）（The Doll's House）（批評家以爲，在歐美造成了「家庭革命」，對歐美男女平等造成革命性呼聲）及社會柱石。

(4)最後一期：一八八六—一八九九年：象徵期。代表作野鴨（寫一退伍軍人之不幸）、當我們復活的時候、海上夫人。

(六)二十世紀的戲劇家：

(1)蕭伯納（Bernard Shaw）：其諷刺劇、說教劇最出色。

代表作：人與超人、魔鬼的門徒、聖女貞德、賣花女（窈窕淑女）、安卓克利斯與獅子。

除此之外，他的劇本常有象徵意味。但他最好的作品往往充滿人性、人情。調侃貧富之分歧、人類之自私等特點，打破慣常的格局。缺點：喜寫長序，也喜在劇中做長篇演說式的對白。——最大特色也是最大缺點。寫長序無妨，太長的對白則有不良效果。思想多來自尼采、叔本華及若干社會主義者（自己爲費邊社員），少有自己獨創者。

「千歲人」寫宇宙生滅與文明成長問題，爲高度想像力之創作。由亞當、夏娃起，到西元三一九二〇年的夏天止。可知規模之龐大與野心之巨。

⑵美　國：

①艾略特（詩劇）：代表作「大教堂中的謀殺」。

②歐尼爾（Eugene O'neill）——美國最重要之戲劇家，受佛洛伊特影響，代表作有「地平線外」、「長夜漫漫路迢迢」等。

③威廉士(T. Williams)，長於變態心理及性心理刻畫。

④亞瑟・米勒（Authur Miller）：「推銷員之死」（Death of a Salesman）

悲劇之定義往往因時代而轉變，古典主義的定義是：一個高貴的人，面對命運之挑戰捉弄，不顧一切地搏鬥、掙扎，甚至不顧生死，故此種戲劇往往給人高度啓示；激勵向上，使讀者深深感到人的尊嚴。

可是到了現代，「貴族」已是作廢的名詞，故主角的身分乃大成問題。現代社會中人與人的關係複雜，許多瑣碎的因素，使人無法如古典戲劇中那樣明顯地與命運搏鬥。故依古典標準，現代幾爲沒有悲劇的時代。

有些批評家不以爲然：以爲現代悲劇另有一種格局。如米勒（Arthur Miller）「推銷員之死」主角爲一小商人，平庸，毫無傳統悲劇英雄之條件，米勒事後爲此劇寫一辯護文章：——「悲劇與常人」：謂主角不重要，重要的是爲自尊、尊嚴奮鬪的精神，甚至不顧一切，犧牲性命以維護之。當然，在此過程中可能①毀滅，②獲救，但只要以自己力量奮鬪，即爲悲劇。

但是，根據其本人理論，「推」劇似仍不屬於悲劇。

(3)英　國：

①歐凱西（Sean O'Casey）
②葉慈（W. B. Yeats）
}均爲愛爾蘭戲劇家，凱西代表作爲「紫色塵土」，後者擅長詩劇，代表作「煉獄」。

③奧斯本（John Osborn）：代表作「憤怒的回顧」（Look Back in Anger）

④品特（Harold Pinter）：代表作「重回故里」、「看房子的人」。

奧氏爲憤怒的青年（angry young man）的代表人物。由於世界讓人無法適應，身心之要求不能和諧，焦慮無法消除：專寫戰後年輕一代的不安定和反抗。

⑤高爾斯華綏（John Galsworthy）：代表作有「正義」、「逃亡」等，多反映社會問題。

(4)法　國：

①卡繆：曾將「黑死病」改爲劇本，很成功。

②阿奴易（Jean Anouilh）——表現現代人的問題。代表作「百靈鳥」——寫聖女貞德。並把現代人之精神狀態與苦悶表現於戲劇中。

③高克多（J. Cocteau）：多才多藝，能導能演。

(5)德國：布雷希特（Bertolt Brecht）：發明「史詩劇場」（Epic Theatre），受中國戲劇影響，主張作者疏離現實，力求冷靜，但形式上却採跳躍的進展方式，申張公理正義。代表作：「高加索灰闌記」。

(6)西班牙：羅卡（F. G. Lorca）：「血婚」（詩劇），羅氏兼爲大詩人。

(7)羅馬尼亞：伊歐尼斯可（Eugène Ionesco）（超現實主義者）：著有「犀牛」、「禿頭女高音」等。

(8)瑞典：柏格曼（Ingmar Bergman）：代表作「沈默」、「處女之泉」。

附：日本：黑澤明爲當代亞洲最偉大之戲劇家：代表作「紅鬍子」。表現東方精神、現代問題，採西方電影技巧，青出於藍。

第十五講　中國的重要戲劇家

中國戲劇起源也很早，但到宋元才有長足的發展，尤其元代，更是戲劇的鼎盛時代（宋金以前只有喜劇。）作家有二百多人。明、清亦名家輩出。

㈠關漢卿

原名一齋，以字行，也有作乙齋，又誤作巳齋，訛作「己齋」、「己齋叟」。「漢卿」可見他的民族意識。「生而倜儻，博學能文，滑稽多智，蘊藉風流，爲一時之冠。」（元人熊自得云），「驅梨園領袖，總編修帥首，捏離劇班頭」（賈仲明云）。可謂中國的莎士比亞。生於宋寧宗嘉定四年（一二一一）左右，大都人，金末解元，作太醫院尹，宋亡後曾至杭州。

作雜劇六十五本，今存十四種，通俗而富想像力，救風塵結構完整，竇娥冤充滿悲劇氣氛，單刀會慷慨激昂，拜月亭風光旖旎，都是人所不及的。

寫社會黑暗面，貪官汚吏、土豪劣紳、妓女樂師等，無所不及。喚醒愚庸，警戒儒頑，是當代編劇的「才人」之首。

其作品包括三大類：⑴歷史人物，⑵男女風情，⑶社會百態。

(二)王實甫

原名德信，亦以字行。有十四個劇本，今存「西廂記」、「麗春堂」、「破窰記」。西廂被稱作「北劇之冠」。比較貴族化，重詞藻、豐麗纏綿爲其特色。有惟美主義的傾向。情節變化也層出不窮，在戲劇結構上表現了非凡的技巧，有時眞可說是山窮水盡疑無路，柳暗花明又一村。對心理狀態的刻劃也獨樹一幟。

(三)馬致遠

號東籬，壯年做過浙江省儒學提舉，中年以後，離開官場，轉向戲曲界，與「倡夫」爲伍，過着「酒中仙」、「風月主」的浪漫生活。有劇十三種，至今存有「漢宮秋」、「青衫淚」、「孟浩然」、「陳摶高臥」、「岳陽樓」、「任瘋子」等八種。又和陳時中等合寫「黃粱夢」。

寫神仙故事特多，有人稱他「馬神仙」。對人生功名富貴的看破，也是他的主題之一：「浮生似爭穴聚蟻，光陰似過隙白駒。……便博得一官半職，何足算，不堪題！」「百年人光景皆虛幻！」「把些個人間富貴，都做了眼底浮雲。」「漢宮秋」以抒寫漢元帝與王昭君的別恨離愁爲主，情節哀婉動人。可謂之浪漫主義者。太和正音譜云：「其詞曲典雅淸麗……有振鬣長鳴、萬馬皆瘖之意。」

(四)白　樸

八十七歲。有十六雜劇；至今只存「梧桐雨」、「牆頭馬上」、「東牆記」三種。「射雙雕」、「遊月宮」只留下一部分。「梧桐雨」大致根據陳鴻的「長恨歌傳」而作，第四折寫明皇還宮後覩物懷人，更流露出最深摯的情感。以高超的技巧，細膩地刻劃主角的內心世界，尤其他被梧桐雨驚醒時的情緒，更爲入神。

「牆頭馬上」的李千金敢愛敢恨的性格，是中國古典作品中少見的。而且結構完整，對白也較通俗。有人以爲就戲劇論，「牆」勝於「梧」劇。

㈤**鄭光祖**

字德輝，山西襄陵人，以儒補杭州路吏，爲人方正，不濫交友，戲劇界稱爲「鄭老先生」，朱權在太和正音譜裏稱讚他「出語不凡，若咳唾落乎九天，臨風而生珠玉。」王國維把他比作溫庭筠、秦觀。

雜劇十八種：八種尚存——王粲登樓、倩女離魂、伊尹耕莘、周公攝政、無鹽破環、三戰呂布、老君堂、㑳梅香等。「月夜聞箏」尚存一些零星詞曲。

「㑳梅香」是與西廂記競賽之作，內容也很近似：小蠻、白敏中本有婚約，小蠻父死後，敏中去她家，其母不顧前約，要以兄妹之禮相待，侍女樊素（梅香）設法使兩人幽會，其母撞見，痛斥敏中，並予逐出，白敏中中了狀元，皇帝令他完婚，他却故意說不願娶妻，樊素又從中斡旋，才成其好事。喜用叠句：「一程程捱入相思境，一聲聲總是相思令，一星星盡訴相思病。」百年前已有法文譯本。

「倩女離魂」題材採自陳玄祐的離魂記，情節雖有些荒誕（女主角在病中遊魂追隨情郎），却深深反映出那時代婦女婚姻不自由之苦，以及追求戀愛之幸福的堅強意志。張倩女和王文擧的關係和「㑳梅香」中的男女主角完全一樣。一方面也等於批判了指腹爲婚的陋習。此劇曲辭美妙，尤其倩女送行時所唱的幾支曲，更是委婉動人，柔腸百折。「我這裏翠簾先控着，他那裏黃金鐙懶去挑。我淚濕香羅袖，他鞭垂碧玉梢。望迢迢，恨堆滿西風古道，想急煎煎人多情人去了，和青湛湛天有情天亦老……」意象高遠，情感眞摯。

㈥高　明

字則誠，號菜根道人，浙江瑞安人，人稱永嘉先生。生於元代中葉，（成宗大德九年，一三〇五），卒於順帝至正十九年（一三五九）。北曲（雜劇）固然盛極一時，但因一劇只限四折或另加一楔子，（「西廂記」是四本，每本四折仍未例外。）全劇或每折都由一人獨唱，詞曲的格律也較嚴，運用起來不便，於是原已在南方流行、形式自由的南曲（南劇、傳奇），便逐漸應運而受重視，「琵琶記」便是其中的佼佼者。

高明一三四五年中進士，由元朝到方國珍，曾爲官十年，後隱居到寧波東南的櫟社。見民不聊生，社會混亂，乃寫劇自遣，曾受楊廉夫、黃溍影響。琵琶記開場白中說：「不關風化體，縱好也徒然。」表示了他以戲劇教育羣眾的宅心。朱元璋說：「五經四書如五穀，家家不可缺，高明琵琶記如珍饌百味，富貴家豈可缺耶？」它是一個結構嚴謹複雜、情節曲折多變、人物繁多、詞曲典雅的大劇本，共四十二齣，比一般雜劇長十倍左右，是現存傳奇中最早的一部，被譽作「南劇之祖」。將折改爲齣，也是它的創舉。寫趙五娘蔡伯喈故事，蔡入京考中狀元，被牛太師迫婚，五娘在公婆亡故後，千辛萬苦上京尋夫，終於三人團圓。出自民間傳說。五娘是不朽人物：勤勞善良、多情寬厚、勇敢忍耐。「糟糠自厭」和「祝髮賣葬」是二大高潮。「丈夫，你便是米呵，米在他鄉沒處尋。奴家恰便似糠呵，怎的把糠來救得人飢餒。」且能恰如其份的大量運用民間俗語。早年所作「閔子騫單衣記」已失傳。

㈦湯顯祖

明代第一。「牡丹亭」中的杜麗娘是不朽創造。明世宗嘉靖二十九年（一五五〇）生，神宗萬歷四五年卒（一六一七），字義仍，號若士，江西人。受王守仁思想影響，是王的四傳弟子。三十四歲中進士。與友人謝九紫等作「紫簫記」，後又修改爲「紫釵記」，是根據「霍小玉傳」作。辭官後居玉茗堂（玉茗是白山茶別名，性耐寒，用以喻士人的操守。）

湯氏的創作注意全劇意旨，人物塑造及性格的刻劃，對詞曲也講究文采，自由發揮才情，不大遵守曲律和曲譜，他曾自辯道：「意之所至，正不妨拗折天下人嗓子。」主張以意、趣、神、色爲重，要做到「自然而然」。他還常親自導演。

還有邯鄲記、南柯記，共稱「玉茗堂四夢」（「牡丹亭」又稱「還魂記」）。「牡丹亭」共五十五齣，爲現存傳奇中最長者。劇情梗概如下：杜麗娘夢見書生柳夢梅，互戀，醒後自畫一像以寄情，不料柳眞的拾到此像而早晚禮拜，杜（已病故）的幽魂找到他，謂只要遇眞愛之人卽可復活。果然掘棺而活，入京考中狀元……又波折一番，團圓。有人喻爲「少年維特的煩惱」，但卻是悲喜劇。

㈧李　漁

清初人，字笠鴻，晚號笠翁，浙江人，又稱李太郎。四五歲就會文章，終生不仕。小說「十二樓」，傳奇數十種，「奈何天」、「比目魚」、「憐香伴」、「鳳求凰」、「風箏誤」等稱李笠翁十種曲。重說白，多幽默，情節曲折，雅俗共賞，時有新意妙語。而且重變化，「務使一折之中，七情俱備。」

㈨孔尚任

字季重，號東塘。生於順治五年（一六四八），卒於康熙五十七年（一七一八），七十一歲。比李漁稍晚。曾編「小忽雷」的一部分。「桃花扇」表現了明末清初漢人對明亡的遺恨哀思，並表揚史可法等忠臣，斥責劉良佐等降將。三易其稿，演出盛極一時。是以歌妓李香君、侯朝宗的悲歡離合爲主線的劇本，能推陳出新，重視民族意識，在結構上也有新的建樹。人物善惡分明，愛憎強烈，共四十四齣，人物更多於琵琶記，而不以團圓作結。「哭主」、「沉江」二齣尤爲沉痛。梁啓超說：「此數折者，余每一讀之，輒覺酸淚盈盈，承睫而欲下。」末齣「餘韵」後半「哀江南」係後人所補。「桃」劇有四例：一、各本塡詞，長折用八曲，短折用七、六或四曲，不許優人刪節。二、說白完備。三、上下場詩均新創，不用濫調。四、全本四十齣，上本首試一齣，末潤一齣，下本亦同，且脫去悲歡離合之熟徑。

㈩洪　昇

字昉思，號稗畦，杭州人，王士禎之生。詩有「宗法三唐，矯然出流俗之外」的美譽。作「天涯淚」「青衫濕」等雜劇，傳奇有「廻文錦」「廻龍院」等。「長生殿」始於二十五歲，中經重寫，至十多年後才完成。寓亡國隱痛於愛情故事中，有些地方指桑罵槐，諷刺滿人，可說是全部「天寶遺事」的縮影：愛情專一之外，國家大事的得失是另一主線，下半部也以浪漫之筆虛構出神仙境界。作者什麼地方該用訴情細曲，什麼地方該用纏綿南曲，什麼地方該用歡樂細曲，什麼地方該用雄壯北曲等，十分斟酌。曲牌不重複，前一齣與後一齣的主要角色也不重複，「務使離合悲歡，錯綜參伍」（王冬烈語）。吳舒鳧稱：「愛文者喜其詞，知音者賞其律。」洪、孔二人，都諳音律，也重視結構和演出，而且還不斷修改已上演過的作品。

戊、文學批評

第十六講　中國文學批評概述

㈠劉　勰

1. 廣泛的載道觀：由天地、日月、山川等自然之美說起，……「傍及萬品，動植皆文。」（原道）其所謂道，兼指自然之道與儒家的聖道。
2. 重視性情的表現：「文采所以飾言，而辯麗本於情性。故情者文之經，辭者理之緯。」（情采）力主「爲情而造文」，貶斥「爲文而造情」。「人稟七情，應物斯感。感物吟志，莫非自然。」
3. 重視創造：通變篇和神思篇（論想像的過程）均討論此一問題。
4. 文體觀念甚清晰。（共有二十篇討論各種文體）。
5. 對風格的重視。
6. 批評法則的樹立：位體、置辭、通變、奇正、事義、宮商。兼重才華學識與時代環境。

(二)鍾嶸

1. 反聲律說：因爲聲律「使文多拘忌，傷其眞美。」「今既不被管絃，亦何取於聲律耶？」
2. 反用典：「吟詠情性，亦何貴於用事？」「喜用古事，彌見拘束。」
3. 貶斥繁密巧似，但亦不取枯淡平直：提倡折衷之道。故陶潛居中品，曹操在下品。
4. 標舉國風、小雅、楚辭三源，有時一人跨二源，如陶詩出於應璩，又協左思風力。上品十一人加古詩，中品三十九人，下品七十二人。上品的李陵、班姬、陸機、潘岳、張協都稍勉強。
5. 風力、丹彩並重（骨與肉）。
6. 推崇五言詩：「五言居文詞之要，是眾作之有滋味者也。」由於文體之自然發展使然。

(三)司空圖

1. 重神韻
2. 重含蓄之美
3. 重自然
4. 重寫實
5. 剛柔並重，（詩品二十四品中柔者稍多，剛品約八、九。）
6. 兼及風格、境界、題材及方法。

又：皎然詩式中的十九體（高、逸、貞、忠等）混淆了內容與風格。

(四)朱熹

1.文論：文從道出，主達意，忌詞華，反對瑣細、萎靡、做作、不暢，三十而文定，內容佔七分文采三分。（楊炯、李華、柳冕、韓愈、柳宗元、二程、朱熹乃中國文學史上載道派主流。）

2.詩論：主平淡，（米芾畫史云：「董源平淡天眞，近世神品。」）自得，渾成，崇李杜，重視詩的時代性，虛靜明詩，有時說詩可以不問工拙。此外戒詩說則又顯示理學家本色。

㈤王若虛

1.以辭達理順爲基本標準。

2.詩貴本色天全。

3.文章以意爲主，字語爲之役。——當論意不當泥句。

4.文質並美；寫實與超現實並重：妙在形似外而非遺其形似。

5.對遣詞用字的講究：力求合情合理，似美國新批評派。

6.忌曲解詩意，迂拘末理。

7.詩詞一理，重在境趣。

8.反江西派：因其有奇無妙，破碎乏味，非眞能宗杜。

㈥嚴　羽

提出妙悟、興趣、入神三說，主旨在不涉理路，不落言詮。

力倡詩有別材、別趣，如空中音、相中色、水中月、鏡中象。

主張詩人要悉心「參詩」，一如佛家參禪，以漢魏詩爲第一義之詩。

妙悟是作者創作的過程，興趣是作品完成後展示的韻味。入神是登峯造極之境——指李白、杜甫的詩。

㈦金人瑞

1. 詩論已見前。

2. 小說論：水滸傳作者「十年格物而一朝物格，故一筆寫千萬人。」「施耐庵，天下之格物君子也。」亦小說之載道說也。「天下之文章無有出水滸右者。」更推崇得無以復加。

3. 戲劇論：a. 西廂重視主角人格、結構及彼此關係——如張生病、雙文藥、紅娘藥之泡製。一人者雙文也。（雙文爲題目）b. 於不知何一刻中，靈眼忽然覷見，便疾捉住，直傳到如今。（靈感說）對戲劇的技巧、形式則較外行。

㈧李　漁

閒情偶寄一書中論戲劇作法最精闢：

立主腦，密針線（卽結構、佈局），脫窠臼，不荒唐，重觀察，戒諷刺。

謂金氏評西廂：淺處見才，其長在密，其短在拘。

詞采方面：貴淺顯、重機趣、戒浮泛、忌塡塞。

賓白方面：主鏗鏘、肖似、尖新。

兼及科諢音律。

附：李贄童心（眞心）說：「詩何必古選？文何必先秦？」大家「初非有意爲文，蓄極積久，不能自遏。」爲李漁、金人瑞的先聲。

(九)葉　燮

詩人「才識膽力，四者交相爲濟。」另外要有胸襟，取材古人，有匠心，去己而充以古人之學識神理，再去古人而宗自然。重設色，重變化；合情、理、事於氣。

「詩之至處，妙在含蓄無垠。……其寄託在可言不可言之間。」（原詩）

(十)王士禛

1. 「唐詩主情，故多蘊藉。」卽不著一字，盡得風流。
2. 「清遠爲尚」。
3. 情來神會——頓悟（先一刻後一刻不能），乃能縹緲不見形迹——渾成。
4. 欲以神韻兼含格調——廣包其他作者長處。
5. 不喜老杜，但不敢顯攻之。（中期曾改宗兩宋、崇山谷）。

又翁方綱以肌理說神韻，較踏實；重結構與肌理。

(土)袁　枚

1. 「多一分格調，必損一分性情」。
2. 就性靈言神韻：如續詩品中有「神悟」一品。
3. 重才、情。
4. 論厚、薄：各得其宜。

5. 詩情愈痴愈妙（似反妙悟說）。
6. 超越古今、唐宋之界限。
7. 改詩：「不改則心浮，多改則機窒」。
8. 力斥「描詩」，要求自然。

㈩王國維

1. 境界說乃合情（眞感情）、韻、眞實世界（眞景物）於一。
2. 妙悟＋興趣＋氣質（＋格調）。（以袁枚補嚴羽）。一詩人有一詩人之面目——境界，「非自有境界，則古人亦不爲我用。」
3. 詞的最高境界是「神秀」——李後主爲代表。
4. 優美與壯美：其物與我無利害之關，但視爲外物者，超越地對待它，曰優美。此物大不利吾人，生活意志爲之破裂，意志乃遁去，而知力能獨立作用，以深觀其物，爲壯美——悲劇。紅樓夢屬後者。
5. 隔：白石詞如霧裏看花——「有格而無情」，失於隔（晚年意見稍變）。文學作品要力求不隔。
6. 對唐宋詩的看法略同於滄浪。

㈪中國文學批評上的重要問題

(1)道與情，(2)復古與創新，(3)自然與人生，(4)平淡與工麗，(5)巧與拙，(6)妙悟與痴迷，(7)文字技巧與內容孰重。

第十七講　西洋批評家學要

蘇格蘭詩人史考特Scott及格雷 Gayley作「文學批評的方法及材料」(Methods and Materials of Liter-ary Criticism) 中云：古來批評一字有五義：

(1)指疵 (fault-finding)，(2)稱譽 (to praise)，(3)判斷 (to judge)，(4)比較(to compa-rison)，(5)欣賞 (to appreciate)。又說文學批評的目的有九：

(1)獲得或傳播知識，(2)便於文字欣賞——解說作家與作品，(3)分辨文學作品的優劣，(4)替作家教育一般大眾，(5)指示作家如何適應一般讀者，(6)調和並訓練一般大眾的文學趣味，(7)排除對文學的一般偏見，(8)對未能接觸新思想、閱讀新書的人給以指示，使他們知道其中梗概，(9)糾正作家及大眾的謬誤。

一般而論，文學批評可分八種：

1. 裁斷的批評 (Judicial Criticism)。
2. 歸納的批評 (Inducitive Criticism)。
3. 科學的批評 (Scientific Criticism)：泰納說美和植物學一樣。
4. 比較的批評 (Comparative Criticism)：蒐集許多作品的表現方式，予以分類，以評定優劣。

5. 欣賞的批評（Appreciative Criticism）：將優、劣點超然指出。
6. 享用的批評（Criticism of Enjoyment）：用感覺感受之。（佩特）
7. 印象的批評(Impressive Criticism)：注重「讀者灌注於作品中的意義」（法朗士A. France）
8. 功利的批評（Utilitarian Criticism）：看作品是否對社會人生有貢獻。

要成爲一個傑出的批評家，必須：

(1)具備淵博的學識。
(2)對文學有廣泛而深刻的接觸。
(3)同時必須有客觀的態度，擺脫個人趣味上的偏見。
(4)他的精神必須能靈活地運用，富於彈性，深於洞察力，敏於接納作品的整體印象，擅長把握作品的本質；而撇除信仰、宗派、階級、民族等的歧見。
(5)他必須謙虛，儘量不以法官自居。
(6)他必須忠厚，而不抱着吹毛求疵的心情。

甚至第一流的批評家也不免有所偏失。鍾嶸置陶淵明於中品，便是時代的偏見使然。約翰生博士在對於作家的目的和原理深具同感時，是一位出色的批評家，然而面對他所不能同情的作家，他的批評就相對失色。如頗普與愛迭孫（Joseph Addison 1672-1719年）對文藝的理想和他一致，他對這二位的批評就相當卓越；但一遇到意見大相逕庭的米爾頓和格雷（Thomas Gray），就不太公允了（前者是因政治見解與他不合）。柯立芝的洞察力和對詩的直覺，是英國批評家中的佼佼者，但受形而上學的成見所限制，對少數作家過於崇拜，而不能客觀地持論。他的莎士比亞論便不免過份誇張。阿諾德（Mathew Arnold）的偏頗可能是牛津教育的結果：過分重視希臘文學大家的價值，有時便不免以古人的標準來下決斷，譬如稱史各脫的詩體爲「史詩的私生子」，便有削足適履之弊。

當然，批評的天賦也是必要的。宅心誠正是另一個重要條件。

㈠聖佩甫（C. A. Sainte-Beuve 1804-1869）

阿諾德說他「對風格，對抉擇，對理解，都極精審賅洽之能事。」道登（Dowden）批評他：「他的批評方法不是法國盛行的方法……這是他自己的方法。」法國的方法就是抽象的武斷的方法；聖佩甫的方法則是歸納的自然主義的方法。他接受許多不同的觀念，但不肯受某一種主張觀念的限制。人家說他是一位評判公允的法官，但他自稱是不用條例的法官。代表作：「星期一談話」、「文人寫照」。

他認爲任何作家的一切行爲一定出自他的個性，故評判作品之前，必先用科學的、調查的方式了解作家。「我能夠鑑賞作品，但沒有我對這個作家本身的知識而判斷作品，在我却是難事。」以往像柯立芝，也曾從莎士比亞的少年作品中尋找他成長的跡象，但聖佩甫是更進一步，要去形成一個作家的環境影響中追根究底。（包括其環境、種族、家庭、遺傳及獨特的品質）。自稱爲「精神博物學」。他心中的理想批評家是拜爾（Bayle）「缺乏才能，缺乏熱情，缺乏較多的才賦，却使拜爾成爲空前的最完全的批評家。」

㈡泰納（Hippolyte Taine）

泰納認爲聖佩甫是他的導師。他在英國文學史的導言中，提出一、種族，二、環境，三、時機（時代）爲文藝構成的三要素。而以環境爲最重要——又分氣候風土與政治事故、社會情狀。（如一種是好戰的，一種是安定與愛美的。）他在「藝術哲學」中說：藝術品是由精神及周圍的風俗而決定的。精神的溫度（猶如植物生長的溫度）在種種天才的種類中加以選擇，它只發育某一種而淘汰別種。

如生於憂鬱時代的作家，宗教對他說地上是火坑，世界是監牢，人生是醜惡的，我們的任務在於解脫；哲學向他證明生不如死；而日常耳聞目睹的又多是傷心的事：強凌弱，鬭爭不已，古物遭毀，乞丐路斃等。這種悲慘的印象遂自然地成爲他作品的特質及題材。此際藝術家如欲努力表現幸福快樂，勢必孤立無助，只有全盤仰仗自力。然而獨木難支大厦，因而他的作品也必然平庸。

泰納認爲批評只是應用於人類的植物學。但他仍品評高下。（各種植物是不分高下的。）

㈢阿諾德

著有詩學、新詩學、塞爾特文學研究、文學與教條等。他也是一位教育家、詩人。

㈠他說文藝批評是：「一種無所爲而爲的努力，去研究而且傳播世間最好的知識與思想。以造成一種清新眞實的思想潮流。」

㈡他認爲最好批評詩的標準，就是在心中藏着大詩人的詩句與表現，拿它們作試金石，來衡量其他的詩歌。

㈢在批評古典作家時，批評家可以有三種評價：一、個人的，二、歷史的，三、眞正的。第一種是主觀的，印象的，第二種是只因其在某一民族的國語詩歌思想發展史上佔着重要的地位，就過分讚賞，作品本身不一定能與之相稱。第三種是把「眞正卓越眞正古典」的作品明白感覺，深刻賞玩，也就是正當認識對象的絕對價值。

㈣「批評家必須滿足理性與品格」；批評的目的不在於辯難攻擊，而在循循善誘的說服。

㈤「先有批評，待批評完成了任務，眞正的創造活動時代就來臨了。」（批評可造成由作家自由發揮的心智上的境地與氣氛。）

㈥「不顧時代環境而欲創作，乃是空費勞力。」

「文藝傑作的產生必須有人力與時代之力的湊合。」

㈦「在文藝方面，作爲創作力的活動材料的就是思想。」

㈧「詩是人生的批評。」（卽表現詩人眞誠的人生觀。）

㈨「詩是最完整的語言，最易表達眞理。」（「華滋華斯」）

㈩「詩人之偉大處在於他能把觀念強力而美麗地運用到「如何生活」這一問題上去。（「華滋華斯」）

(十一)詩將代替宗教：「人類愈來愈發現我們將靠詩來解釋人生，來安慰我們和支持我們。」（「詩之研究」）

㈣**西蒙斯**（Arthur Symons 1865-1945）

英國象徵派詩人，有「倫敦之夜」等作品。他的主張是：詩人的批評家是批評家中的翹楚。「批評是力的評價……只與力的種類及程度有關。」

力，有三個解釋：一、美的新顯示，二、個性的表現，三、思想所具有的力。但文學與藝術方面，主要是個性之力。

「藝術也許可以對道德有所貢獻，但藝術決不是道德的奴隸。」

程度之差：道台（Daudet）之作與通俗小說之差別，是程度之差而非種類之異，但他的小說比起塞萬提斯的唐吉訶德來，却是種類之差——一爲他那時代的幽默家，一是萬世的幽默家。（道台不是超然的觀察者，不以理智而以感情訴之於普通人的同情心，以故事引人入勝。）

藝術家之所以成爲藝術家，是因爲他獨有的見地和感受，「再把人生創造一次。」，「我想發現各位詩人的本來是怎樣的，他在作品裏怎樣表現自己，用什麼方法，由什麼衝動與本能。」天才就是個性極發達者之稱。

「韻文如無某種程度的神移，不成爲詩。」他說拜倫的詩沒有魔力——一種「使詩更爲精妙」的東西。

「批評的目的，在於明辨一個作家的作品中的本質是什麼。」同時分辨其與其他作家之不同。批評家須有寬宏的趣味，不以技巧爲主要對象，應該追尋比技巧更根本的東西。他認爲詩人的批評家之外，哲學家也是好批評家，但沒有翅翼。（波特萊爾也說一切大詩人全是批評家。）

㈤**史賓耿**（J. E. Spingarn）

他的「新批評」一文，是美國二三十年代的論戰第一砲，他也是新批評的代表之一。

他代表的可說是一種「表現主義」的批評。他早就自認爲克羅齊的部下，「一切的表現都是藝術」。他反對古典的批評規範：

1.明白承認每一藝術作品乃是一種精神的創造，只受自己紀律的束縛；每一個詩人各有各的格律。

2.對於作家只問他要表現什麼，表現得是否完美，而不用去根究對象是否按照某種分類（如悲劇、喜劇、史詩、田園詩、抒情詩……滑稽、悲慘、高尚……）。「所有藝術都是抒情的」，無論神曲、雪萊詩、「李爾王」、羅丹「思想者」……

3.以滑稽等名詞作抽象分類，正好與藝術的眞實性相抵觸。因爲每個詩人是按他自己的方法來表現宇宙，每一首詩就是一種新的獨立表現。

4.一位好的批評家(1)「須有深刻的感受力」，更十足的聽命於藝術家的想像的意志。(2)有學問（世界性的眼光），以及(3)具備美學思想的教育（修養）。

5.鑒賞也就是創造：「你鑒賞一首詩無異是再創造一首詩。」——主張就詩論詩。

第十八講 中西文學批評之方法

一位文學批評家，有時候我們可以把他比方做一個老師，教導學生—讀者，如何欣賞文學作品，如何發現文學作品的長處、妙處以及它的缺憾；有時候，我們可以把他當作一名園丁，這個園丁在文學的田園裏鋤草、灌溉，使文學田園更豐碩、更肥沃。有時，我們把他當作醫生，專門替作品看病，甚至於替整個時代的文學思潮把脈，這怎麼說呢？假定有一個文學批評家，他看出了某個時代的某種文學作品的潮流或方向並不是很正確，或者有很大的流弊，他就等於替這個時代的文學潮流把脈。這醫生是可小可大的。我們也可以說文學批評家是作者的好朋友，給作者忠告，指出他的缺點，同時鼓勵他，勸告他，有些作者得不到鼓勵，創作的動機就會慢慢萎縮，甚至於創作的才能、藝術會斷絕，所以，批評家作爲一個適度的朋友是很重要的。有時，我們也視他爲法官，不過，這法官是很客觀，很權威的來判斷作品的高下。除此之外，我們也希望批評家也是個很好的藝術家，他的文學批評的作品就是很好的文章，就是藝術作品，這是最理想的；等第稍次的，就變成了作者的情人，我們都知道「情人眼裏出西施」，情人對於他的對象總是百依百順，百般迴護，只看到他的優點，看不到他的缺點。這可以舉個最現成的例子來說明：我們都知道，張愛玲是新文學以來最重要的小說家，而水晶的張愛玲的小說藝術一書，以及他以後對張愛玲所評的一些文章，可以說是這類文學批評中最出色的，但無論如何，還是有點像情人，對作者有種不知不覺的崇拜，這些崇拜，使得他只看到作者的優點，而看不到他的缺點。有時候，作者並不是百分之百的自覺的在創作某些角色，而是半自覺的，甚至於不太自覺的。水晶在他的文章中曾記載，他在美國見到張愛玲，和他談起某些小說中的主題、技巧、象徵，也許是寫作年代已久，有些張愛玲都忘了，有一次，張愛玲甚至稱讚水晶說：「這些東西，好像你比我自己還了解。」水晶作爲一個批評家，無疑的是很優秀的，但我們還是希望他能有更高的層次。

最低的一個層次的批評者就是作者的忠僕，和潑婦罵街式的批評。這兩種之間，忠僕又好一點，忠僕對於主人雖然一味的崇尚，但因爲他的耿耿忠心，主人也很願意讓他了解，而潑婦罵街式的批評，往往就淪於謾罵而無長處了。

任何一個批評家都是吃力不討好的，有很多文學家對於批評家往往有成見，或採對立的態度。舉個例子來說：英國莎士比亞時代的戲劇家班江生(Ben Johnson)就曾說：「批評家是拙劣的補鍋匠，往往越補越破。」另外一位英國學者兼批評家布特勒（S. Butler）也說：「批評家是檢查智慧的兇手，也是冒充判官的屠夫。」以屠夫、兇手來比喻批評家，也實在夠苛刻的了。文學家和文學批評家之間，本來是應該相輔相成的，批評家到底不是文學家肚中的蛔蟲，對於文學作品若有百分之九十的了解，也已經很不錯了，如果能因接近作者，而了解剩下的百分之十，那麼，對於他的批評來講，會更完美。當然，這要有機會，第一，必須在同一時代，第二，必須作者在樂意的情況下接受你。上文也提過水晶張愛玲的事，張愛玲在美國是呈半隱居狀態，根本不見人的，水晶費了很多心思，一再要求，才獲接見，而這對於他批評張愛玲的小說，是有相當幫助的。只可惜，從歷史上看來，大部分的文學家和批評家的關係都不太好，有時候，文學家兼批評家，也會遭遇很多困擾。

以下，再來講講文學批評的範圍。文學批評包括兩部份，㈠文學理論，㈡實際批評。

㈠文學理論（Literary theory）包括：

1. 原理論：文學的起源，文學產生的一般過程。
2. 方法論：主要是技巧，也包含技巧之外的方法，如：多讀，模仿。
3. 風格論：作品中所表現的作家的才性、風骨、格調。
4. 體裁論：以詩而言，如：中國有古體、近體、律詩、絕句。西方有抒情詩、敍事詩之分。（中國的抒情詩很早就發達，西方則敍事詩較早發達。）
5. 創作論：檢討創作的過程、條件，作者的經歷等。
6. 作者論：指作者創作的外緣條件，如：環境。中國有個最有名的作者論——詩窮而後工。是說：詩人在不得意或貧窮的狀況下，就能把詩寫得很工妙。這種說法，在歐陽修以前就有，這與中國傳統的儒家的安貧樂道有關。
7. 流變論：指文學作品的流變，與文學史的關係非常密切，既是文學批評的一部分，也是文學史的一部分。
8. 批評論：是批評的理論，關於批評的方法、批評家的條件、批評家應遵守的原則等等。

9.欣賞論：往往與批評論合爲一體。指如何欣賞，比方說朱熹主張「虛靜則明」，不但要虛懷若谷，不帶任何成見，而且能以寧靜的心情面對作品，這樣才能眞正深入作品骨髓，批評也才夠水準。

10.聲律論：如沈約之流，主張四聲八病，就屬於這類的批評，但這是較次要的一部分。

㈡**實際批評（Practical Criticism）包括：**

1.對一首或一組作品的批評。

2.對一位作家的批評。

3.對一個流派的批評。

4.對一個時代文學的批評——如錢基博曾寫過一本明代文學，一方面是文學史，一方面也是文學批評。

5.對一個國家的文學的批評：這往往也容易造成文學史的狀態。

6.比較的批評：包括作品與作品，作家與作家，流派與流派，國家與國家等。一般說來都是對等的關係，偶而也有人以一個作家的一篇代表作跟若干與其有關的作品相比較，但這需要較深的工夫。

7.批評的批評——批評文字本身有長、短處，也需要別人再批評，如：馮班的滄浪詩話糾繆就是這類作品。我們可以說：優秀的文學批評史本身也是一種批評的批評，例如郭紹虞的中國文學批評史。

以下專論中國傳統的文學批評方法，和西方的批評法。

中國傳統的文學批評法，可歸爲十二類：

㈠分等法

所謂分等，就是品定作家與作品的高下，鍾嶸詩品可說是此一批評法的最佳典型。詩品分上、中、下三等，等第分明，儘管後人對於陶潛之屈居中品、曹操之退列下品，都有非議，但大致說來，鍾嶸仍是最能執持自己的批評方法，而未嘗自亂陣脚的。明代的呂天成，在他所著的曲品中將「新傳奇」的曲家分爲九等，這可以說分得很細了，只可惜他和鍾嶸一樣，都沒有說明品評高下的尺度。

宋代的張戒在歲寒堂詩話中，將詩分爲氣、韻、味、意四等，這四等實際上都是指一流的詩作，和以上二位批評家以全部詩爲範圍而分等是不同的。以氣爲主的是指陽剛、陰柔的風格，都把握的很好的詩作，如李、杜。以韻爲主的多半是陰柔方面的作品，富有情韻、注重辭采，如曹植。「味」是以平淡爲高，不重辭藻，情感含蓄而不外露的作品，如陶潛的詩便是這類作品的最佳典範。平淡是無味之味，有時反而包含了濃，甚至超越了濃，方回說：「淡中藏美麗」就是這個意思。第四類「意」是指內容充實而餘味不足的，像阮籍的作品，有很多到最後幾乎都把主題說出來了。這種分法是相當有評斷、參考價值的，可以放諸四海皆準，不像三品、九品沒有一定的標準。

㈡溯源法

這種方法就是先設定若干詩的源頭，然後將詩人或作品一一衡定其淵源。詩品在分等法之外也兼採此法，但仍有失之主觀之處，像阮籍、左思，風格相去不遠，卻分屬小雅、國風二源；陸機、潘岳，常被相提並論，而詩品本身對他們的評語也大同小異，卻又分隸於國風、楚辭，這種分界的來源，作者並未說明，使人不知適從。

南宋初的一個批評家邵博，曾批評說：「韓退之文自經中來，柳子厚文自史中來。」儘管這二句話相當有份量，但我們讀韓、柳之文，却想不出何以一源自經，一源自史。所以說：溯源法用得好，可以幫助我們了解作者的風格。用得不好，只徒增困惑，擾亂視聽。至於個別作品的溯源，倒是較容易獲得肯定的成果。

㈢賦、比、興鑑定法

「興」的定義紛紜，常見的有二種說法，一種是指直覺的感受、或情感的感受，沒有理智的關係，不易捉摸，另外也有人認為：「興」就是現在西方所謂的象徵，「象徵」一詞最普遍的定義是說：以具體的意象來比喻抽象的事物。從文學史和文學批評來看，這兩種說法中，合乎前者的居多。「比」的方法就含有理智的關係，在所比的對象和喻依之間有相當的關係。「賦」則是一種直接舖陳的方法，而所謂的賦比興鑑定法，就是判斷作品中賦、比、興的成份，而後以賦、比、興的作法來品評其成敗。

一般說來，批評家都認為「比」「興」較「賦」為高明，袁枚在隨園詩話中就曾經明白指出：「詩以比興為佳」，明代的謝榛曾為詩三百篇作過一番統計，載於四溟詩話上，其中賦有七百二十，比有一百一十，興有三百七十，我們雖不知他根據什麼標準來統計，但這却已表示：明代的批評家已經注意到賦比興作法的重要。以後的批評家也都很喜歡用這種方法來析評作品，如：吳喬、王夫之都是此中翹楚。

然而，這種方法在鑑定上却有困擾，朱熹曾發明了一種兼攝法，即所謂「賦而比也」、「比而興也」等，這種說法已不盡理想，僅勉強可行，而明代有位批評家却又可笑的增加了「全興之比又賦」等，既是興又有比又有賦，定義實在曖昧得很。因此，如果我們還要繼續運用這種方法來研究古典文學，就必須先確定一個標準，是以句還是以節爲單位，批評起來才有一個準的。

㈣起承轉合法

也就是八股文法，以此法評詩始自明末清初的金聖歎，他喜歡把律詩切成兩部分來評析，前四句爲上半節是起承，後四句爲下半節是轉合，往往流於削足適履，他的師弟徐增已看到流弊，運用此法而加以變通。後來清朝的吳喬、沈德潛皆採用此法而加以更大的變通，形成了形式批評法。

㈤比較法

此法在中國文學批評裏運用相當廣泛，不過中國傳統的比較法，出自直觀者多，基於客觀者較少，像滄浪詩話評詩就常採用此法，如說：「大歷以前，分明別是一副言語；晚唐分明別是一副言語；本朝（註：指宋朝）諸公分明別是一副言語。」又：「少陵詩法如孫吳，太白詩法如李廣。」這是運用象徵方式來比較，我們知道，孫子、吳起都是講究法度規矩的，杜甫也是；而李廣、李白則都屬於天才型。

明清的批評家都喜歡比較唐、宋詩風，但他們的比較却很籠統，以唐朝爲單位，心裏就認定盛唐作品最佳，以宋朝爲單位，又往往撇開優秀詩人不談，於是就有了「唐人詩純，宋人詩駁。唐人詩活，宋人詩滯。……唐人詩風流，宋人詩鄙俗。」之說，好像唐詩都好，而宋詩則皆不足觀，其實唐代詩人數千，宋代詩人又遠多於唐，如何能強作一分法比較？這種比較無濟於事，如果能再分得細些就較有價值。

㈥**分類分體法**

分類就是分成幾個品類，但沒有分等的意味，如：文心雕龍的八品，是指八種不同的風格，司空圖的二十四品，也是屬於這一類。以這種方法討論作品，能幫助讀者作多方面的了解，經由風格的體認而進一步了解某一作家的作品的特色。

分體法就是別體裁之異，如：滄浪詩話分唐詩爲初唐體、盛唐體、大曆體、元和體、晚唐體，元明以後，又合大曆、元和爲中唐體，而有所謂四唐之說。這種批評法，把整個時代分成若干期，對於文學史，文學批評都有價值，但若分得過於瑣碎，就失去標準了。

㈦**印象法**

這是中國傳統文學批評最常用的方法，誠如法國大文豪法朗士（Anatote France）所說，這類批評是「靈魂在作品中冒險歷程的記錄」，批評家全憑主觀的好惡，將冒險探索的所得記錄下來，所以，可能很精彩，也很可能是胡說八道，像金聖歎對西廂記的批評，就是印象法的最佳典型。近人夏志清先生曾說金聖歎在「西廂記的詳細評語中，廢話跟精闢的一樣多。」嚴格說來，這是中國文學批評的一大陷阱，若能配合比較法，起承轉合法，賦比興鑑定法等其他批評方法來運用，效果會很好。

㈧**指疵法**

即指出作品之缺憾，包括用字、用典、用韻、結構等方面的缺憾。一般說來，中國傳統批評家對用字的指疵最爲著力，舉個文學史上最著名的例子來說：唐朝詩僧齊己早梅詩原作：「前村深雪裏，昨夜數枝開。」他的朋友鄭谷以爲「數」字顯示不出「早」的精神，建議他改爲「一」，當下齊己就改了過來，因此人稱鄭谷爲「一字師」。南宋初年的批評家葉夢得在石林詩話中曾批評杜甫的八哀詩過於冗贅，尤其其中詠李邕、蘇源明二首，幾乎都可删去一半。杜詩一向被人推崇備至，而他的八哀詩仍舊逃不過批評家的批評。在這方面，中國歷代批評家做了不少工作，雖然有些不免流於印象批評，大致說來，也還相當客觀。

㈨比喻法

此法之運用，近年有趨多的現象，有人因爲採用此種批評法，連批評的文章本身也變成一篇美文。這種方法有優點也有缺點，兩樣東西相比，只取其相似的特點。比方說：以花比喻女子，是取其共同處——美；再縮小範圍，以桃花比喻女子，是以桃花的紅艷欲滴比喻女子容光煥發，雙頰緋紅，但如果是趙飛燕型的女子，就不宜用這個比喻了。因此，比喻要是運用得好，眞是一語中的，若比喻過多或不恰當，往往徒增困擾；文學批評要求精確，過多抽象的或有彈性的比喻，反而造成反效果，令人無所適從。黃庭堅評杜甫送韋左丞詩的結構說：「如官府甲第，廳堂房屋，各有定處，不可亂也。」以官府的房室比喻詩文的結構有一定的秩序，眞是精妙！這種比喻法，西方到近代才有人說，山谷比他早了好幾百年。再如楊萬里曾拿西施的神韻來比喻文章的氣象、精神，也是妙喻。

㈩道德批評法

此法中外皆有。宋代理學家最常用這種方法，他們自己也寫詩、文、論說，對於批評也各有見解。像朱熹就是位一流的批評家，但他却是二流的詩人。批評家兼作家對於創作的了解深於純粹的批評家，但是，一個一流的作家，除了少數例外者（如艾略特）外，很少願意花很多時間在批評工作上，因爲，對於一個作家而言，創作是他最大的挑戰，也是最需用其天分的所在。朱熹儘管是個二流詩人，他批評詩時，却摒棄評文時的載道範疇，而注重詩的技巧等藝術價値，這就是他成爲一流批評家的原因。

一個批評者若帶着道德批判的眼光來評論作品，往往會因偏差而判斷錯誤，舉個例子說：理學家楊時曾批評東坡：「子瞻詩多譏玩，殊無惻怛愛君之意。」說東坡缺乏同情心，不愛國，只會譏誚、開玩笑，東坡固然幽默，好開玩笑，讀過文學史的人都知道，他不但是個忠君愛國的詩人，也是個深富惻隱之心的性情中人。這種偏差還是小範圍的，有些道德批評者，尺度更狹隘，凡是不合乎他的道德意識的都排斥，他因爲太過分要求用道德表現，往往容易落入自己的圈套，這種錯誤，連古文家歐陽修都曾犯過。

㈩歷史批評法

此法大致又可分爲兩類，一類是對作者的時代背景、出身、經歷、個性等先作全盤省察，再配合他的作品來評論。一類是縱觀時代變遷，以此討論其對作者風格之影響。這類批評法若運用不恰當，很容易造成喧賓奪主的現象，把文學放在最後，以致於變成批評意味濃厚的文學史。此外，運用這種方法批評時，須有正確的眼光，否則很容易自相矛盾，一般人往往有崇古卑今的觀念，抹煞今人的成就，以爲較古老的都是好的；再者治世、亂世也容易令人誤解，像詩大序就曾說：「治世之音安以樂，其政和；亂世之音怨以怒，其政乖；亡國之音哀以思，其民困。」誠然，和平時代，音樂、詩歌等聲調自然和諧，而無乖張之音，但天下事却不能一概而論，亂世時也有可能超越時代的藝術作品呈現。因此，如何篤切、周到的運用歷史法，就需要批評家隨時檢討了。

(十二)美學批評法

中國古代並無所謂「美學」之名稱，但我們却可以找到類似這種批評的例子，如劉勰在文心雕龍中所提出的六觀法，就是最佳典範，另外像清代的戲劇家兼批評家李漁（笠翁），在他的閒情偶寄中所論述的戲劇批評法則及示範，應該是更合格的實例。其中討論劇本創作的批評，從結構、詞采、音律、賓白、科諢、格局等方向訂出批評標準和方法；「演習部」討論戲劇演出的事宜，包括事先的選擇、改編、訓練、甚至化妝都羅列在內，非常周到。

以上十二種方法是我歸納出來的，當然不敢說沒有遺漏，但我想遺漏的應該很少。

以下再講近代西方的文學批評方法：

㈠歷史論的批評

這也就是前面說過的歷史批評法。在法國十九世紀有兩位大家，一個是聖佩甫，一個是他的弟子泰納。聖佩甫曾說：「我所願建立的是文學的自然史」，他把文學當作自然、生物、動物、植物來研究，就像研究植物的年輪一樣來研究作品，因此，他這種批評法也可說是科學的批評法。泰納最有名的主張是說：文學作家有三個最重要的條件——種族、環境、時代。這三大條件構成歷史，以此來研究批評作家、作品。至於現代的歷史論批評家則有阿爾巴。此派的流弊是過分重視歷史的文化背景，（包括作品的版本，所使用的語言，文化傳統背景）有時會喧賓奪主，忽略了文學本身的藝術價值及技巧。

(二)形式論的批評

又稱形構批評，這是二十世紀西方相當盛行的批評法，屬於這派的有：以英國李維爲首的細品派，美國的新批評派，芝加哥的新亞里斯多德派，法國的學院派和俄國的新形式派。細品派主張仔細品賞詩文，以便進一步的批評、探討，讀的越仔細，越能得其精粹。法國學院派主倡「本文闡釋法」，即就詩文本身作詮釋，賞析，不牽涉其他。此派特色是就文論文，就詩論詩，重視結構的分析，盡量少注意外緣條件，以免失却重心。流弊是師心自用，及過分主觀，或見樹不見林，有的又不免吹毛求疵，因小失大。到了最近二十年，形構主義者更進一步配合人類學、社會學等方法來討論研究。

(三)神話原型的批評

原型是原始類型的簡稱，所謂原始類型即「原始意象，集體的無意識中的一部分。」心理學家兼人類學家容格認爲，人類幾萬年前的祖先的生活習慣、意識，有一部分還存留在後代子孫的血液中，變成潛意識或無意識，平常不自覺，但到了某種特殊情況下便會顯現，他認爲這就是我們祖先的集體無意識的保留。因此，原始類型可以說是從古到今人類的一些基本的思想型態、意識型態、潛意識型態的歸納，也可說是人類的永恆意義與價值的表現，因爲這與神話有關，因此稱爲「神話原型批評法」，這中間須運用象徵。舉例來說：四季的原型，春夏秋冬各有所象徵；英雄的原始類型，第一階段是追尋，第二階段包括迷失、分離、轉變和回歸，第三階段是替罪羔羊（悲劇英雄）。這種批評法是文學批評中較新的一派，企圖研究人類永恆意義的表現，他們認爲，文學是神話與儀式在藝術形式中最後的具體表現，所以拿文學當作神話原始類型的研究對象。其流弊是附會牽強，削足適履，流於公式化、機械化，而且很少注意表現的藝術。

㈣心理學的批評法

主要是佛洛依德的心理分析、精神分析，涉及「性」的各種象徵，夢的分析，情緒的轉移現象，潛意識的僞裝、變形、濃縮和偷渡等，佛洛依德以爲：文學作品或藝術作品很多都是人類的潛意識經過僞裝、變形、濃縮、甚至是偷渡出來的，根據這種現象去闡釋，意識流的小說爲其成果之一。這類批評家認爲，創作時已注意到潛意識的種種現象，所以批評時也要運用這個方法，其流弊是視野偏狹，見內而不見外，看不到形式技巧，只注意到內在的問題。

㈤社會文化論的批評

十九世紀的阿諾德——著重倫理道德，馬克斯——著重社會、經濟的影響爲二大源頭，現代批評家崔林（Lionel Trilling）在「樂趣的命運」一書中，認爲文學與政治、道德、心理和宗教的交互關係是隨處包含的，絕不是硬性挿入的。這種批評的流弊是：文學有流爲政治、道德等附庸的危險，甚至變成他們的工具，比如說：馬克斯主義，後來就變成共產國家政治宣傳的工具。幸好，這派學者中已有人注意及此，如班特里就認爲「藝術如果刻意想成爲宣傳的產品，反而不會達成任務。」這說法極有道理，中國大陸上的文學就是個最好的例證。這些年來，儘管有些優秀作家淪陷在裏邊，却依然沒有出現高水準的佳作。

除了以上五種外，也有人把道德的批評闢出，另列一項，如：美國的白璧德、穆爾卽屬此派，他們維護傳統、重視道德，有「新人文主義」之稱，深受阿諾德的影響，但這一派往往忽視純粹的美感及作品的形式、技巧。如果道德批評法也算一派的話，那麼，以上所舉的六類中，只有第二種「形式論的批評」特別重視形式、技巧，而忽視內容及作者的背景等，餘者都是特重內容，尤其是五、六兩類。

我們從事文學研究或批評時，應參酌中西兩方面文學批評的方法和成果，擷長捨短，摒棄其中的流弊，進一步作一番整合的功夫，以發展我們未來的文學批評。

參考書目

蓋林等著、徐進夫譯：文學欣賞與批評　幼獅文化事業公司
張健：中國文學散論　商務印書館
張健：中國文學與思想散論　商務印書館
張健：讀書與品書　國家出版社
張健：中國現代詩論評　藍星詩社
張健：滄浪詩話研究　臺大文史叢刊
張健：宋金四家文學批評研究　聯經出版事業公司
張健：朱熹的文學批評研究　商務印書館
張健：歐陽修之詩文及文學評論　商務印書館
王夢鷗：文學概論　帕米爾書店
洪炎秋：文學概論　華崗書局
王志忱：文學原論　啓德出版社
傅東華等：文學手冊　大漢出版社
亨德：文學概論（傅東華譯）　商務印書館

本間久雄：文學概論　開明書店
溫徹斯特：文學評論之原理（景昌新等譯）　商務印書館
文學大綱（共八册）　商務印書館
姚一葦：藝術的奧秘　開明書店
姚一葦：詩學箋注　中華書局
姚一葦：戲劇論集　開明書店
姚一葦：文學論集　書評書目社
俞大綱：戲劇縱橫談　文星書店
克羅齊：美學原理　正中書局
朱光潛：文藝心理學　正中書局
朱光潛：論詩　正中書局
朱光潛：論詩　開明書店
朱光潛：談文學　開明書店
荻原朔太郎：詩的原理（徐佛觀譯）　正中書局
廚川白村：苦悶的象徵（徐雲濤譯）　經緯書局
西脇順三郎：西詩探源（洪順隆譯）　商務印書館
托爾斯泰：藝術論（耿濟之譯）　地平線出版社
艾略特等：美國文學批評選（林以亮等譯）　今日世界社

艾略特文學評論選集（杜國清譯） 田園出版社
艾略特：詩的效用與批評的效用（杜國清譯） 純文學出版社
衞姆塞特等：西洋文學批評史（顏元叔譯） 志文出版社
西洋文學術語叢書（計「美學主義」等二十種）（顏元叔主譯） 黎明文化事業公司
格羅斯：藝術的起源 文星書店
梵樂希等：現代詩論（曹葆華譯） 商務印書館
鄭清茂：中國文學在日本 純文學出版社
廖蔚卿等：文學評論第一集 書評書目社
屈萬里：詩經釋義 華岡書局
戴君仁：詩選 華岡書局
戴君仁：宋詩選 華岡書局
鄭騫：詞選 華岡書局
劉大杰：中國文學發展史 中華書局
陸侃如等：中國詩史 明倫出版社
鄭振鐸：中國文學史 明倫出版社
劉大白：中國文學史 啓明書局
胡適：白話文學史 胡適紀念館
黎烈文：西洋文學史 大中國圖書公司

莫迪等：英國文學史（柳無忌譯） 虹橋書店
伊凡斯：英國文學史綱（楊耐冬譯） 水牛出版社
柯洛斯：英國小說發展史（曹開元等譯） 五洲出版社
張沅長等：英國小品文的演進與藝術 學生書局
吳達元：法國文學史 商務印書館
肯立夫：美國的文學（張芳杰譯） 今日世界社
朱立民：美國文學 聯合書局
黎烈文：法國文學巡禮 志文出版社
黎烈文：藝文談片 文星書店
徐霞村：法國文學的故事 商務印書館
盛成：巴黎憶語 亞洲出版社
柯恩編：美國劃時代作品評論集（朱立民等譯） 今日世界社
里德：德國詩歌體系與演變（王家鴻譯） 商務印書館
李金髮：德國文學 啓明書局
李魁賢：德國文學散論 三民書局
劉啓分：西班牙文學 水牛出版社
趙雅博：西班牙三大作家之研究 地平線出版社
李文彥：日本文學史 開山書店

吳爾芙夫人：自己的屋子（張秀亞譯） 純文學出版社
美國詩選（林以亮等譯） 今日世界社
英美現代詩選（余光中譯） 學生書局
翺翺：當代美國詩風貌 環宇書局
陳紹鵬：詩的欣賞 文星書店
謝六逸：西洋文學史話 啓明書局
葛賢寧：現代小說 中華文化事業出版公司
李安宅：美學 啓明書局
福斯特：小說面面觀（李文彬譯） 志文出版社
郭紹虞：中國文學批評史 明倫出版社
朱東潤：中國文學批評史大綱 開明書店
羅根澤：中國文學批評史 學海出版社
臺靜農主編：百種詩話類編 藝文印書館
丁福保編：清詩話 明倫出版社
何文煥編：歷代詩話 藝文印書館
丁福保編：續歷代詩話 藝文印書館
吳喬：圍爐詩話 廣文書局
劉熙載：藝概 廣文書局

李漁：閒情偶寄　淡江書局

詞話叢編（十二册）　廣文書局

金聖歎：聖歎選批唐才子詩　正中書局

二十五史　開明書店

劉勰：文心雕龍　開明書店

鍾嶸：詩品　世界書局

司空圖等：詩品集解　清流出版社

白沙編著：文藝批評研究　巨人出版社

梁宗岱：詩與眞　商務印書館

陳世驤文存　志文出版社

傅斯年選集　文星書店

胡雲翼：宋詩研究　宏業書局

王國維：人間詞話　開明書店

王國維：紅樓夢評論　育民出版社

王逸：楚辭章句　五洲出版社

沈德潛編：古詩源　萬國圖書公司

袁枚：隨園詩話　鼎文書局

布羅凱特：世界戲劇史（胡耀恆譯）　志文出版社

鄭嬰：戲劇概說　華國出版社
丁志堅：中國十大小說家　順風出版社
丁志堅：中國十大戲劇家　順風出版社
郭箴一：中國小說史　商務印書館
譚正璧：中國小說發達史　啓業書局
程兆熊：中國詩學　東方人文學會
李太白全集　河洛圖書出版社
柳河東集　河洛圖書出版社
曾鞏全集　河洛圖書出版社
杜詩鏡銓（楊倫注）　新興書局
黎昌黎文集校注（馬通伯校注）　華正書局
黃庭堅：豫章黃先生文集　四部叢刊本
蘇東坡集　商務印書館
陳師道：後山集　四部備要本
朱文公全集　四部叢刊本
朱子語類　正中書局
計有功：唐詩紀事　中華書局
全唐詩　粹文堂

方遠堯編：宋文彙 中華叢書委員會
唐圭璋編：全宋詞 明倫出版社
元人雜劇選注 世界書局
東坡樂府箋（龍沐勛箋） 商務印書館
稼軒詞編年箋注 中華書局
姜白石詞編年箋校 中華書局
宋詩鈔（呂留良等編） 世界書局
厲鶚輯：宋詩紀事 中華書局
錢鍾書：談藝錄 明倫出版社
章炳麟：國故概論 學藝出版社
杜甫卷（上編） 明倫出版社
魏慶之：詩人玉屑 世界書局
胡仔：苕溪漁隱叢話 世界書局
朱任生：詩論分類纂要 商務印書館
朱任生：杜詩句法舉隅 中華書局
葉慶炳：唐詩散論 洪範書店
中國歷代文學家傳記 中華書局
中國文學家大辭典 世界書局

中國文學欣賞舉隅　地平線出版社
虞君質編：文藝辭典　復興書局
張仁青：魏晉南北朝文學思想史　文史哲出版社
詩話叢刊　弘道文化事業出版公司
中國文學批評與文學批評家（四冊）　學生書局
托爾斯泰等：世界七大文學家論（孟之等譯）　旋風出版社
艾克爾曼：歌德對話錄（周學普譯）　商務印書館
鍾肇政：世界文壇新作家　林白出版社
崔文瑜：歐西文壇新風貌　大江出版社
陳澄之：諾貝爾獎得獎人傳略（下）　正中書局
威立克、華倫：文學論（王夢鷗等譯）　志文出版社
毛姆：世界十大小說家及其代表作（徐鍾珮譯）　重光文藝出版社
毛姆寫作回憶錄（陳蒼多譯）　志文出版社
何欣：斯坦貝克的小說　文壇社
何欣：海明威創作論　重光文藝出版社
史密斯：小說創作法（楚茹譯）　阿波羅出版社
羅曼羅蘭：托爾斯泰傳（傅雷譯）　商務印書館
屠格湼夫：文學回憶錄　開山書店

斯魯伯：二十世紀美國文學（王敬羲譯）　今日世界社
梁實秋等：莎士比亞誕辰四百週年紀念集　中華書局
杜蘭夫婦：廿世紀文豪看人生　晨鐘出版社
尼采：悲劇的誕生（劉崎譯）　志文出版社
巴爾札克：高老頭　新興書局
左拉：娜娜　新興書局
莎士比亞全集（梁實秋譯）　遠東圖書公司
顏元叔主編：淡江西洋現代戲劇譯叢　驚聲文物供應公司
勞倫斯：聖馬（張健譯，有譯序）　水牛出版社
勞倫斯：少女與吉普賽人（張健譯，有譯序）　牧童出版社
托爾斯泰：戰爭與和平（王元鑫譯）　新興書局
奧斯本：憤怒的回顧（張健譯，有譯序）　水牛出版社
狄更司：雙城記（克健譯）　大衆書局
狄更司：苦海孤雛（劉明遠譯）　北一出版社
屠格涅夫：文學回憶錄　開山書店
奈莫洛夫編、陳祖文譯：詩人談詩　今日世界社
歐茵西：俄國文學史　華岡書局
劉若愚：中國人的文學觀念（賴春燕譯）　成文出版社

劉若愚：中國詩學（杜國清譯）　幼獅書店
糜文開、裴普賢：中國文學欣賞　三民書局
莫洛亞著、黎登鑫譯：寫作的藝術　華新出版公司
張健編著：南宋文學批評資料彙編（有敍論）　國立編譯館
中國現代文學大系　巨人出版社
六十年詩歌選　正中書局
胡品清譯：法蘭西詩選　桂冠圖書公司
亞歷山卓：亞歷山卓詩選（劉啓分譯）　遠景出版公司
周作人：歐洲文學史　里仁書局
宗白華：美學的散步　洪範書店
黑格爾著、朱光潛譯：美學　里仁書局
何欣：二十世紀美國小說家　中國文化大學
安・波特著、楚茹譯：愚人船　九歌出版社
趙聰：中國五大小說之研究　時報出版公司
胡菊人：水滸傳與紅樓夢　時報出版公司
中西文學年表　廣文書局
張健：明清文學批評　國家書店
張健：詩與小說　德馨室出版社

中國歷代文藝理論家　莊嚴出版社
國學導讀叢編　康橋出版公司
諾貝爾文學獎全集　遠景出版公司
中外文學五十四期（六十五年十一月）　中外文學社
The Reader's Companion to World Literature.
Bradley 等: The American Tradition in Literature.
Warren 等: An Approach to Literature.
O. Williams: Immortal Poems of the English Language.
O. Williams: A Pocket Book of Modern Verse.
S. Rodman: One Hundred Modern Poems.
C. F. MacIntyre: Rilke, Selected Poems.
W. J. Bate: Criticism, the Major Texts.
M. Meyer: Ibson.
W. J. Long: English Literature.
L. Perrine: Dimension of Drama.
Wimsatt 等: Literary Criticism-A Short History
N. Frye: Anatomy of Criticism

國家圖書館出版品預行編目資料

文學概論／張健著. --初版. --臺北市
：五南圖書出版股份有限公司， 1983
［民72］ 面； 公分
參考書目：面
ISBN 978-957-11-0122-4（平裝）
1. 文學
810 81003383

1X17 通識系列

文學概論

作　者 — 張　健(209)
發 行 人 — 楊榮川
總 經 理 — 楊士清
總 編 輯 — 楊秀麗
副總編輯 — 黃惠娟
責任編輯 — 范郡庭
出 版 者 — 五南圖書出版股份有限公司
地　址：106台北市大安區和平東路二段339號4
電　話：(02)2705-5066　傳　真：(02)2706-61
網　址：https://www.wunan.com.tw
電子郵件：wunan@wunan.com.tw
劃撥帳號：01068953
戶　名：五南圖書出版股份有限公司
法律顧問　林勝安律師事務所　林勝安律師
出版日期　1983年11月初版一刷
　　　　　2021年 3 月初版二十六刷
定　價　新臺幣300元

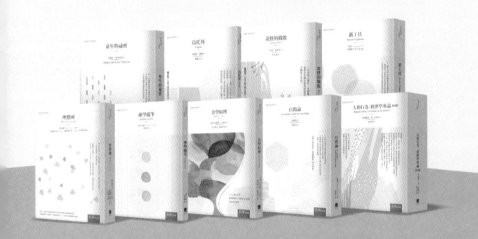